迷子になっていた
幼女を助けたら、
お隣に住む
美少女留学生が家に
遊びに来るように
なった件について4
著——ネコクロ
画——緑川葉
JN053842

CONTENTS

NEKOKURO PRESENTS

ARTWORK BY

MIDORIKAWA YOH

第一章「猫娘姉妹とハロウィン」――014

第二章「幼女二人とヤキモチ焼きな彼女」――060

第三章「パニックになる学校と切り離せない過去」――104

第四章「彼女の隣に立つために」――140

第五章「美少女留学生は信じたい」――166

第六章「美少女留学生は勝ってほしい」――218

第七章「美少女留学生は取られたくない」――272

ダッシュエックス文庫

迷子になっていた幼女を助けたら、お隣に住む美少女留学生が家に遊びに来るようになった件について4

ネコクロ

青柳明人
あおやぎあきひと
とある理由から、
完璧な人間になろうと努力している少年。
勉強・運動共に得意。
周囲のことを考えて行動する性格。
シャーロット
・ベネット
高校二年生の夏に、
明人のクラスに転校してきた留学生。
明人と同じマンションの
隣の部屋に住んでいる。
CHARACTER

花澤美優
はなざわみゆ

明人のクラスの担任教師。
さっぱりとした性格で、
生徒想いの美人教師。

エマ・ベネット

シャーロットの妹。
迷子になっていたのを
明人に助けられて以来、
明人にとても懐いている。

清水有紗
しみずありさ

明人のクラスメイトで、
垢抜けた女の子。
明人に対して
何か思うところがあるようで……？

東雲華凛
しののめかりん

明人のクラスメイトで、
引っ込み思案な女の子。
オッドアイで、ぬいぐるみが大好き。

NEKOKURO PRESENTS
ARTWORK BY
MIDORIKAWA YOH

クレア

エマちゃんと同じ保育園の女の子。
エマちゃんと親しくなる。

西園寺彰
さいおんじあきら

明人の親友で、サッカーが得意。
クラスメイトから人気のある
賑やかな性格。

第一章

「猫娘姉妹とハロウィン」

「『――ハッピバースデートゥーユー、ハッピバースデートゥーユー、ハッピバースデーディアエマー、ハッピバースデートゥーユー♪』」

本日は十月三十一日――ハロウィンであり、エマちゃんの誕生日だ。

だから俺とシャーロットさんで、バースデーソングを歌っていた。

日本なら、一般的にこの後蠟燭の火を消すのだけど、イギリスではまだ続きがあるらしい。

歌い終わったシャーロットさんは、すぐに口を開いた。

「ヒップ、ヒップ」

彼女はそう言うと、チラッと俺に視線を向けてきた。

だから俺も、息を吸い込んで口を開く。

「フーレイ！」

気恥ずかしさはあるが、俺はそう大声を出した。

すると、シャーロットさんがまたすぐに口を開く。

「ヒップ、ヒップ」

「フーレイ！」

「ヒップ、ヒップ」

「フーレイ!!」

最後だけ、俺は更に大きな声を出した。

どうやらこれは、日本でいう万歳三唱（ばんざいさんしょう）のようなものらしい。

イギリスなどではバースデーソングを歌った後は、こんなふうに代表者が《ヒップヒップ》と言い、残りのメンバーで《フーレイ！》と叫ぶようだ。

今回は、誕生日のエマちゃんを除けば俺とシャーロットさんしかいないため、一人ずつで言うしかなかった。

蠟燭の火を消した後は別の歌を歌うこともあるそうなのだが、今回はやめておくらしい。

あまり長くしても、エマちゃんが痺（しび）れを切らしてしまうからとのことだ。

『――ふぅううう！』

エマちゃんが強く息を吐き、チョコレートケーキに刺さった五本の蠟燭の火が消えた。

今日でエマちゃんは五歳。

だから、蠟燭も五本というわけだ。

『ケーキ、たべる……！』

エマちゃんは早くケーキが食べたいようで、ワクワクとしながら俺たちの顔を見てくる。

ハロウィンということで、布面積多めの猫のコスプレ衣装に身を包んでいることもあり、いつも以上にかわいらしい。

モデルはもちろん、猫娘だ。

『ちょっと待ってね』

シャーロットさんはナイフを手に取ると、ホールケーキを切り分け始める。

そして切り分け終えると、カットケーキを一ピース、エマちゃんの皿に載せた。

ちなみに、シャーロットさんは普段通りの格好だ。

てっきりエマちゃんに合わせてコスプレをするかな、と期待していたのだけど、残念ながら今日はしないらしい。

『はい、エマ。召し上がれ』

『んっ……！　ありがと……！』

エマちゃんはシャーロットさんにお礼を言うと、フォークと皿をそのまま俺に渡してくる。

いつも通り、食べさせてということなのだろう。

もちろん、俺も最初からそのつもりだ。

『はい、あ～ん』

『あ～ん――ぱくっ！』

口の中にケーキが入ると、エマちゃんは勢いよく口を閉じた。

そしてモグモグと口を動かし、ゴクンッと飲み込む。

『おいしい？』

『んっ……！』

どうやら味に満足いったようで、とてもかわいらしい笑みを浮かべて頷いた。

今回はシャーロットさんが作ってくれたのではなく、ケーキ屋さんに行ってエマちゃんが選んだものなので、お気に召してよかったと思う。

「私たちは後にしましょうか？」

俺がエマちゃんに食べさせているからだろう。

シャーロットさんが日本語でそう聞いてきた。

「先に食べてくれていいよ？」

「いえ……私は、明人君と一緒に食べたいので……」

シャーロットさんは体をモジモジとさせながら、照れくさそうに上目遣いで俺の顔を見てきた。

瞳は熱っぽく、まるでおねだりをされているかのように感じてしまう。

「それじゃあ、後で一緒に食べようか」

誕生日なのにエマちゃん一人で食べさせてもいいのか、という懸念はあるものの、幸いエマちゃんは俺たちが食べないことは気にしていないようだ。

『なくなった……』

皿の上にあったケーキを全て食べると、エマちゃんはシュンとしてしまった。

まだ食べたいのだろう。

『シャーロットさん、いいよね？』

今日はエマちゃんの誕生日だ。

ケーキも大きいのを買っているのだし、エマちゃんが食べたいのなら食べさせてあげるべきだろう。

『はい、もちろんです』

『――っ！』

机の上に置いていた皿をシャーロットさんが手に取ると、エマちゃんは嬉しそうに目を開いた。

そして、体を揺らしながらケーキが到着するのを待つ。

『はい、エマ。まだ食べていいよ』

『んっ……！』

シャーロットさんからケーキ入りの皿を受け取ったエマちゃんは、嬉しそうに頷く。

そして、また俺に渡してきた。

『はい、あ～ん』

『あ～ん』

エマちゃんから皿を受け取った俺は、ケーキをエマちゃんに食べさせ続ける。

そして、食べ終えると――。

『んっ……ねんね……』

満腹感にやられたエマちゃんが、ウトウトとし始めてしまった。

体の向きを変えて、俺に抱き着くようにして顔を押し付けてくる。

いつもならこのまま寝かせてあげるのだけど――今日は、寝られると困る。

『エマちゃん、ちょっと待ってね』

『んっ……？』

ポンポンッと肩を叩くと、エマちゃんは眠たそうな目で俺を見上げてきた。

急がないと、本当に寝てしまう顔だ。

『シャーロットさん、もう渡しちゃうね？』

『はい、ありがとうございます』

俺はシャーロットさんに確認を取ると、エマちゃんを彼女へ預ける。

抱っこをやめたことでエマちゃんが不満そうに俺の顔を見てきたけれど、こればかりは仕方がない。

せっかくなら、直接渡したいのだ。

俺は隠しておいたものを取り出し、エマちゃんの前に戻ってくる。

そして——

『はい、エマちゃん。お誕生日おめでとう』

——エマちゃんにプレゼントした。

『わっ、おにいちゃんから……!?』

エマちゃんは、先程まで眠たそうにしていたのが嘘かのように目を開いた。

プレゼントと聞いて、目が覚めたのだろう。

『どうぞ』

『んっ……！　ありがと……！』

俺がプレゼントを渡すと、嬉しそうに受け取ってくれた。

『あけていい!?』

『もちろんだよ』

『んっ……！』

頷くと、エマちゃんはプレゼント用の紙袋を勢いよく開けた。

『ねこちゃん……！』

紙袋の中身が何か理解すると、エマちゃんは更に嬉しそうにする。

俺がエマちゃんにプレゼントしたのは、猫のヘアアクセサリーだ。

エマちゃんへのプレゼントと考えた時、やはり真っ先に浮かんだのは猫だった。

本当はぬいぐるみのほうがいいかと思ったけれど、猫のぬいぐるみは既にプレゼントしている。

だから、普段から身に着けられるヘアアクセサリーにしてみたのだ。

ちなみに、これはシャーロットさんと一緒に買いに行った。

『ロッティー、ねこちゃん……！』

『よかったね』

『んっ……！　これ、どうするの？』

猫だとわかっても、何をするものなのかはわからなかったようだ。

かわいらしく小首を傾げて、シャーロットさんを見ている。

『着けてあげるね、貸して』

『んっ！』

シャーロットさんが手を出すと、エマちゃんは笑顔で猫のアクセサリーを渡した。

そして、シャーロットさんがエマちゃんの髪に着けると――。

『どぉ？』

エマちゃんは小首を傾げながら、俺に感想を求めてきた。

うん、凄くかわいい。

『よく似合ってるよ』

『んっ……！』

褒めてあげると、エマちゃんはニコニコ笑顔で抱き着いてきた。

スリスリと頰を俺の胸に擦り付けてくるので、俺は優しく頭を撫でてあげる。

それが良かったようで、エマちゃんは気持ち良さそうに目を細めた。

『エマ、私からもプレゼントだよ』

そうしていると、エマちゃんが俺のところに来た隙に、シャーロットさんがプレゼントを取り出した。

彼女もちゃんと準備していたのだ。

『ありがと……！』

エマちゃんはシャーロットさんからプレゼントを受け取ると、俺の時とは違ってすぐにプレゼントを開け始めた。

毎年もらっているらしいので、これが当たり前になっているのだろう。

梱包紙から出てきたのは――猫の、バスおもちゃだった。

イギリスにいた頃は、湯舟に浸かるという行為をあまりしなかったらしい。

そのせいで、エマちゃんは湯船に長時間入るのが苦手だ。

日本に来てからは毎日湯船に浸かっているらしいけれど、未だに苦手意識はあるらしい。

だから、シャーロットさんはこのバスおもちゃを使うことで、エマちゃんが長く湯舟に浸かれるようにしたいらしい。

そうしないと、彼女もゆっくりとお風呂に入れないのだろう。

その後、エマちゃんは猫のおもちゃに特に疑問を抱く様子はなく、大切そうに抱きしめているのだった。

『すぅ……すぅ……』

「ふふ、寝ちゃいましたね」

睡魔が戻ってきたのか、エマちゃんは寝息を立てながら眠り始めた。

シャーロットさんからもらった猫のおもちゃを抱きしめており、それがシャーロットさんは嬉しいようだ。

「俺たちもケーキを食べようか？」

「はい、準備しますね。エマはお任せしていいでしょうか？」

「もちろん」

俺はエマちゃんを抱っこして、座布団を枕にしながら横にする。

そして、小さな毛布を体にかけた。

「プレゼント、喜んでくれたようでよかったです」

シャーロットさんはケーキが載った皿を二つ持ってきながら、安堵した笑みを浮かべる。

猫系ならなんでも喜びそうな気はするけれど、やっぱり渡すまでは不安になるものだ。

「もう少し大きくなったら、自分で選ばせてあげるのかな？」

「そうですね。今はサプライズのほうが喜んでくれるのでこうしていますが、小学生になったらエマが選んだものを買おうと思っています」

完全に、お母さんがやるべきことをシャーロットさんはやっているんだよな……。

そう思うけれど、まだ彼女のお母さんの事情がわからないので、迂闊なことは言えない。

ただ、娘の誕生日には帰ってくるだろうと思っていたが……帰ってくる様子はなかった。

「あの、明人君……」

「んっ？　どうしたの？」

「その……せっかくですし……食べさせ合いっこ、しませんか……？」

「――っ」

上目遣いで見つめられ、俺は思わず息を呑んでしまう。

提案をしてきたということは、彼女はしたいのだろう。

恥ずかしいけど……。

「うん、誰も見てないし、いいよ」

「ありがとうございます……！」

シャーロットさんはお礼を言ってきた後、肩をくっつけるようにして俺の隣に座ってきた。

本当に、何から何までかわいい彼女だ。

「どうしよう？　先に俺が食べさせようか？」

「そう、ですね……。はい、お願いします……」

恥ずかしいのだろう。

シャーロットさんの頬は、赤く染まってしまっている。

「はい、あ～ん」

俺はエマちゃんに食べさせる時と同じように、ケーキをフォークで切ってシャーロットさんの口に運ぶ。

それを彼女は、雛鳥のように小さく開けた口でパクッと咥えた。

「おいしい？」

「は、はい。あっ、えっと……今度は私がしますね。はい、あ～んです」

シャーロットさんは恥ずかしさを誤魔化すように、切ったケーキを俺の口に運んでくる。

「んっ――」

「どうでしょうか？」

「うん、おいしいね」

正直、緊張で味なんてわからない。

だけど、幸せな気分だった。

「それじゃあ、次は俺の番だね。はい、あ～ん」

「あ、あ～ん……」

うん、俺は食べさせてもらうより、食べさせるほうが好きかもしれない。

だって、こんなふうにかわいい彼女を見ることができるのだから。

その後俺たちは、ケーキがなくなるまで交互に食べさせ合うのだった。

◆

「あの、明人君……」

「ん？」

ケーキを食べ終えたので、座った状態で後ろから抱きしめていると、シャーロットさんが何かを言いたそうに見上げてきた。

「今晩はその……特別な日ですし、もう少し長居してもよろしいでしょうか……？」

シャーロットさんがこの手のお願いをするのは珍しい。

いつもなら、彼女たちが帰った後は勉強をしているのだけど――せっかくの彼女のおねだりを、聞かないわけにはいかなかった。

「うん、もちろんだよ」

「ありがとうございます……！　それでは、着替えてきますね……！」

「えっ、着替える？　何に？」

「その……見てのお楽しみといいますか、喜んで頂けると嬉しいです……」

彼女はそれだけ言うと、俺の部屋に来た時に持ってきていた紙袋を手に取った。

そして、寝室を貸してほしいとのことで、彼女は寝室に向かったようだ。

「着替えるって……今日はハロウィンだし、もしかして……」

俺はドキドキと高鳴る胸を手で押さえながら、シャーロットさんが戻ってくるのを待つ。

すると――。

「ど、どうでしょうか……？」

ドアを開けて現れたのは、肌面積が多い水着のような格好のシャーロットさんだった。

頭には、猫耳のカチューシャが付いており、おしりからは尻尾（しっぽ）が生えている。

「尻尾!?」

「あっ、えっと……ハロウィンなので……エマと同じ、猫娘ちゃんになってみました……」

同じという割には、布面積の大きさが全然違う。

衣装の柄も違うため、エマちゃんとは別物に感じざるをえない。

というか、俺が驚いたのは猫娘の格好をしていることではなく、あの尻尾はどうやって生えているのか──だけど、さすがにそんなことを聞く度胸はなかった。

「寒くないの……？」

「暖房をつけて頂いているので、大丈夫です……」

エマちゃんが風邪を引かないようにつけていたのだけど、嬉しい誤算だった。

おかげで、シャーロットさんの水着に近い姿を見られたのだから。

シャーロットさんは恥ずかしそうにモジモジと体を動かしながら、熱っぽい瞳で俺の顔を見てくる。

さすがの彼女も、今の格好は恥ずかしいらしい。

「そ、それで、どうでしょうか……？」

「いや、凄くかわいいし、嬉しいんだけど──付き合ったばかりだからって、無理はしなくていいんだよ……？」

恥ずかしがり屋で、清楚可憐な彼女がこんな布面積の小さい格好をしたのは、まず間違いなく俺のためだろう。

しかし、俺はシャーロットさんと一緒にいられるだけで幸せなのだから、こんな無理をしてもう必要はない。

……いや、本音を言うと凄く嬉しいことではあるのだけど。

「無理……はしてますけど、明人君に喜んで頂けるなら、それでいいんです……。私は、明人君が喜んでくださることなら、なんでもしたいんです……」

彼女は、やはり最高の女性なのだろう。

誰もが目を惹かれる美しい容姿をしているだけでなく、誰にでも優しくて妹想いな素敵な性格をしている。

その上、彼氏に尽くしたがる子なのだ。

彼女以上の女性がこの世にいるとは思えなかった。

シャーロットさんのような素敵な女の子に好かれている俺は、幸せ者だ。

「ありがとう、本当に嬉しいよ。だったら、俺にもシャーロットさんが喜ぶことをさせてくれないかな？」

彼女が尽くしてくれるなら、俺だって彼女に尽くしたい。

それが俺にできる一番のことだろう。

「それでは……一つ、我が儘を言ってもよろしいでしょうか？」

「一つじゃなくて、好きなだけ言っていいよ」

「ふふ、ありがとうございます。その……お膝に、座らせて頂いてもよろしいですか……？」

「ひ、膝に?」

「ほ、ほら、私は猫娘ちゃんなわけで……。その……猫ちゃんのように、かわいがって頂きたいです……」

もしかして、シャーロットさんが猫娘になった本当の理由はそれなのだろうか?

俺に甘やかしてほしくて、猫の格好をした?

聞くのは可哀想なので、正解はわからないのだけど——こんなかわいい我が儘、俺にとって得しかない。

「いいよ、おいで」

俺は気恥ずかしいのを我慢しながら、両手を広げる。

すると、彼女はパァッと表情を明るくして、膝の上に座ってきた。

膝にかかる重みと熱に、俺は幸せを感じてしまう。

「えっと……体に手を回すね……?」

「はい……」

念のため尋ねると、シャーロットさんは恥ずかしそうにコクリと頷いた。

俺は、彼女がバランスを取りやすいように両手を体に回して抱き寄せる。

ダイレクトに肌へ触れると、なんだかいけないことをしている気分になってきた。

シャーロットさんもくすぐったかったのか、呼吸が若干乱れている。

「猫のようにってことは、頭を撫でたらいいのかな？」

コクンッ――。

言葉にするのは恥ずかしかったのか、彼女は無言で頷いた。

それを確認し、俺は優しく丁寧に頭を撫でる。

猫耳カチューシャがあるので撫でづらいのだけど、エマちゃんによくしているので慣れたものだ。

シャーロットさんは、本当の猫のように気持ち良さそうに目を細めた。

こういうところは、姉妹そっくりだ。

「………………」

こうしてくっついていると、俺も男なわけで――欲情してしまいそうになる。

というか、こんなの誘惑以外の何事でもないだろう。

しかし――付き合って間もないので、手を出すわけにはいかない。

「気持ちいい？」

「はい……もっと撫でてください……」

甘やかしている効果だろう。

あまりおねだりをしない彼女が、どうしてほしいかをちゃんと伝えてきた。

それどころか、俺の首に自分の顔を当ててくる。

くすぐったいやら、かわいいやらで、頭がおかしくなりそうだ。

「シャーロットさんは甘えん坊だね」

「明人君だからです……。誰にでも、こうするわけではありませんよ……？」

てっきり照れるかと思ったのだけど、熱っぽい瞳を向けられてしまった。

頬も赤く、彼女が興奮しているのがわかる。

学校では清楚可憐で有名な彼女のこんな表情を見られるのは、彼氏の特権だろう。

「よしよし」

「あっ……んっ……」

優しく頭を撫でると、彼女の口から色っぽい吐息がこぼれる。

少しくすぐったいのかもしれない。

「………」

そんな表情や態度を見せられてしまうと、やっぱり男としては来るものがあるわけで。

正直、ちょっとしたいたずらなら許されるのではないかと思ってしまう。

だから、我慢することができなくなった。

「――んっ……！　あ、あの、明人君……？」

頭からそのままスライドさせて耳の後ろから首筋を撫でると、シャーロットさんはビクッと体を跳ねさせた。

そして、熱っぽい瞳で戸惑いながら俺の顔を見上げてくる。

「ごめん、くすぐったかった？」

俺はバクバクとうるさい鼓動を我慢しながら、シャーロットさんに尋ねてみる。

すると、彼女は困ったように視線を彷徨（さまよ）わせ、コクンッと頷いた。

「はい……」

「やめたほうがいい？」

「それは、その……」

尋ねてみると、彼女は即答せず考えこんでしまう。

気が付けば、モジモジと太ももを擦り合わせていた。

「ごめん、冗談だよ。もうしないから安心して」

おそらく、俺が望めば優しい彼女は頷いてしまうだろう。

たとえそれが嫌だったとしても、だ。

だから、彼女が無理矢理答えを出す前に俺は止めることにした。

しかし――。

「その……くすぐったいですけど……明人君がしたいのでしたら……大丈夫です……」

俺が退いたことで逆に気持ちを固めてしまったのか、シャーロットさんは了承してくれた。

だけど、さすがにこのまま押し切るほど俺も鬼ではない。

本当はもっとシャーロットさんのかわいい部分を見たかったり、いたずらをしたいなという欲はあるけれど、ここはグッと我慢することにした。

それに、今はほんの少しのいたずらだけど、このまま続けていると段々自分を制することができなくなりそうだ。

何より、エマちゃんが近くで寝ているので、あまり羽目を外すわけにもいかない。

「大丈夫、もうしないから」

「あっ……そうですか……」

あれ……？

ちょっと、残念そうにしてる……？

一瞬シャーロットさんがシュンとしたように見えてしまい、俺はそんなことを考える。

だけど、自分が都合よく捉えているのかもしれないと思い、気のせいと思うことにした。

俺はその後、シャーロットさんの頭を撫でながら甘やかし続けた。

そうしていると――。

「そういえば、なのですが……私たちの関係は、ずっと隠していくのでしょうか？」

甘えるのには満足したのか、俺に頭を撫でられながら、シャーロットさんは学校の話を持ち出してきた。

現在、俺たちが付き合っていることを知っているのは、彰に華凛、そして美優先生と清水さんだ。

彰に関しては、親友であったこと以外にも、身を引いてまで俺とシャーロットさんの関係を応援してくれたので、真っ先に話すことにした。

華凜に関しては、これから妹として接することになっているので、彼女ができたことは話したほうがいいかもしれない、という判断で話しておいた。

まぁ元々勘づいているところがあったので、探りを入れられるくらいなら、予め話しておこうとなったのだ。

美優先生に関しては……正直、話してしまえばいじられる気しかしなかったので、話すかどうか悩んだのだけど……やはり俺とシャーロットさんを応援してくれていたし、いろいろとよくしてくれてもいるので、話しておいた。

その時は、いじられるどころか優しい笑顔で祝福してくれたので、やっぱりあの人は素敵な先生なのだろう。

清水さんに関しては——正直、気が進まなかった。

俺は清水さんと仲良くないどころか、むしろ嫌われているし、彼女のことをあまり信用もしていない。

だけど、シャーロットさんがどうしても話したいということで、了承したのだ。

聞くところによると、清水さんも陰でいろいろとしてくれていたようだし、シャーロットさんは彼女のことを凄く信用しているようなので、それも仕方がない。

そこまでしてくれるなら、どうして俺とは距離を取りたがっているのか不思議だけど――まぁ彼女の場合、シャーロットさんと仲良くしたいという気持ちが一番なのだろう。

もしくは、俺に対して後ろめたい何かがあるのかもしれないが、正直高校に入ってからの彼女しか知らないので、なんとも言えない。

「そう言うってことは、シャーロットさんは他の人にも話したいってことなのかな？」

彼女の性格的に、付き合っていることは密かにしたいタイプだと思っていた。

しかし、わざわざこう聞いてきたということは、彼女の中に周りへ話したいという思いがあるのだろう。

「私は……打ち明けてしまいたいと思っています……」

やはり、俺の睨んだ通りだったようだ。

意外なことではあるけれど、彼女が望んでいる以上前向きに検討したい。

しかし、シャーロットさんと付き合っていることが明るみに出ると、いろいろと問題が出てくるわけで……。

「理由って、聞いてもいいのかな？」

彼女がどうして周りに話したいのか。

その理由と話した時のリスクを天秤にかけて、判断するのが一番だと思った。

「その……今って、私たち学校では一緒にいられないではないですか……？　でも、付き合っていることをお話しすれば、一緒にいられると思いまして……」

シャーロットさんと学校で距離を取る関係は、今も継続中だ。

元々は、隣同士に住んでいることが明るみに出ると、彼女とお近付きになりたい輩(やから)に利用されてしまう、というのを懸念(けねん)して距離を取り始めたものだ。

確かに、彼氏彼女という関係を明らかにすれば、もし彼女に近付こうとする男がいても、彼氏である俺から断ることができる。

だから、元々距離を取っていたわけなので、付き合い始めたことを打ち明けてもおそらく問題はない。

むしろ、シャーロットさんから男子たちを遠ざけたいなら、積極的に取るべき手段だろう。

だけど――どうして俺がそうしなかったというと、今まで距離を取っていた二人が急に付き合いだしたとなれば、絶対に変な横やりを入れてくる輩が出てくるからだ。

それどころか、シャーロットさんの人気的に、おもしろおかしい噂(うわさ)が飛び交ってもおかしくない。

そういう問題があって、俺は打ち明けることを見送っていた。

それに――。

「一緒にいたとしても、学校で甘やかすのは難しいよ？」

「そ、それはそうですが……やっぱり、一緒にいるだけでも幸せですし……。その、我慢できなくなって甘えることがない、とは言い切れませんが……」

言い切れないのかぁ。

まぁ、付き合う前からなんとなく思っていたけど、シャーロットさん結構甘えん坊だしな。

「お昼とかは、人目のない場所に移動して……というのもできますので……」

どうやら、甘えるのを家に帰るまで我慢するつもりはないらしい。

甘えたくなれば、二人きりになって甘える予定のようだ。

かわいいから、全然問題はないのだけど。

「そ、それに、彼氏ができたとなれば皆さんも諦めてくださると思うので、明人君に余計な心配をかけなくて済むと思います……！」

シャーロットさんが男子たちに囲まれるのを見て、何も思わないわけではない。

彼女が俺を裏切ることはない、というのがわかっているから一種の安心はあるけれど、やはりそれがわかっていても不安になるところはあるのだ。

あと、男子たちの態度が不快になることも多々ある。

そういうのがなくなるのは、俺の精神的にもありがたい。

「………といいますか……そろそろ、私のほうが我慢の限界です……。明人君、モテすぎですよ……特に、一年生の子たちから……」

「えっ、ごめん。なんて言ったのか聞こえなかった」

抱いているというのに、シャーロットさんの声が小さすぎて何を言ったのか聞き取れなかった。

独り言なのかもしれないが、さすがに話の内容的に気になってしまう。

「な、なんでもありませんよ？」

しかし、彼女はニコッと笑みを浮かべて誤魔化してしまった。

若干動揺しているようなので、俺に聞かれるとまずい内容だったのかもしれない。

「それよりも、どうでしょうか……？　やっぱり、だめですか……？」

シャーロットさんと付き合っていることを明るみに出すのは、リスクがでかすぎる。

彼女を狙っている男子たちだって学校中にいる。

それこそ、一年生から三年生まで全てだ。

シャーロットさんに彼氏ができたと広まれば、学校中がパニックになる可能性だってありえる。

だけど——そういうことを全て考慮しても、シャーロットさんが望むならその通りにしてあげたかった。

問題が起きれば、俺が頑張ればいいだけだろう。

「いいよ、シャーロットさんが話したいなら、みんなに話してしまおう」

「ほ、本当にいいんですか……!?」

「うん、俺にとっては、シャーロットさんがしたいようにしてくれるのが一番だからね。だから、これからも遠慮なくいろいろと言ってほしいな」

彼女は周りに気を遣いすぎてしまう。

今回のことで、俺にだけはもっと我儘を言ってくれるようになってくれたら嬉しい。

「明人君は、優しすぎます……」

「シャーロットさんには負けると思うけどね。それに、こんな猫のコスプレまでしてくれたんだし、断るわけにはいかないよ」

こんなエロ――魅力的な格好までして、尽くしてくれる彼女のお願いくらい叶えられなくて何が彼氏だという話だ。

「これは……明人君に喜んで頂きたくてやったことなので、お願いを聞いてもらうためではなかったのですけどね……」

シャーロットさんは自分の望みを叶えるためにコスプレをしてきた、と俺が捉えていると勘違いしたのか、困ったように笑ってしまった。

「うん、わかってるよ。それにしても……かなり、大胆な格好だね……」

空気が和らいだことで俺は気を抜いてしまい、つい思っていたことを口走ってしまった。

すると、彼女はカァーッと全身を真っ赤に染め、恥ずかしそうに俯いてしまう。

「正直、私もやりすぎかと悩んだのですが……エマのかわいさに負けたくなくて……」

まさかの、妹に対抗してのことだった。

いや、うん。

確かに猫娘のコスプレをしたエマちゃんは、凄くかわいかったけどさ……。

「エマちゃんにヤキモチを焼いてたの？」

「……はい」

どう考えてもそうとしか取れず聞いてみると、シャーロットさんは小さく頷いた。

エマちゃんのことをシャーロットさんの前で凄く甘やかしていたけれど、それは彼女が望んでいたことでもあったし、受け入れてくれていたはずだ。

それなのに、知らない間に彼女の中で心境の変化が起きていたらしい。

普段の振る舞いからはわからなかったけれど、幼い妹にまで嫉妬するなんて、彼女は意外と独占欲が強いのかもしれない。

「そういうヤキモチも、遠慮なく言ってくれていいからね？　まぁ、エマちゃんにはわからないようにしたほうがいいかもしれないけど」

「ありがとうございます……。でも、その……嫉妬とかって醜いので……しないように努めます……」

「う～ん、俺は嫉妬してくれるのって嬉しいけどね」

「えっ、嬉しいのですか……？」

俺の言葉が意外だったのか、戸惑ったように聞いてきた。

「確かに、嫉妬って一般的にはいいイメージはないかもしれないけど、シャーロットさんが妬いてくれてるのって、俺からしたら自分をそれだけ好きになってもらえてるんだって思うんだよ。だから、やっぱり嬉しいな」

俺のことを好きでいてくれなかったら、エマちゃんを甘やかしていても嫉妬なんてしていないだろう。

だから、嫉妬をしてくれている以上、俺のことを好きでいてくれてるんだと伝わってくる。

「あっ……それでは、明人君も私が他の男の子とお話をしていると、嫉妬をしてしまうのですか……？」

「普通の会話ならしないと思うけど、仲良くしてるとやっぱり嫉妬すると思うよ」

「私、普通の会話でも妬いちゃいます……」

「えっ」

「い、いえ、なんでもないです……！」

不意打ちで思わぬ答えが返ってきたので戸惑うと、彼女は慌てて誤魔化してしまった。

普通の会話でも妬くって……やっぱり、独占欲強すぎないか……？

さすがに、エマちゃんじゃなくて他の女性相手のことだとは思うけど……まぁ、実害があるわけでもないし、深く考えなくていいか。

とりあえず、俺が彼女を蔑ろにしなければ大丈夫だろう。

「それはそうと、シャーロットさんの魅力は沢山あるんだから、色仕掛けに頼らなくてもいいと思うよ？」

このまま話を続けるのは、シャーロットさんを追い込むことになるかもしれないと思った俺は、別の話を振った。

こちらも、伝えたかったことなのだ。

……いや、これでシャーロットさんがコスプレをしてくれなくなるのは困るというか、凄く悲しいけれど、シャーロットさんに自分には色仕掛けしかないと思われるほうが嫌なので、しっかり訂正しておいた。

「――っ。あ、ありがとうごじゃいましゅ……」

今度は俺が不意を衝いてしまったのか、シャーロットさんは照れて活舌がおかしくなった。

噛んでる姿もかわいいと思ってしまう。

「でも、その……一度、生まれてきたままの姿を見せてしまっているわけですし……これくらいの衣装なら、もう問題ないのかもしれないと思ってしまったのです……」

シャーロットさんは人差し指を合わせてモジモジとし、恥ずかしそうに熱がこもった瞳で上目遣いをしてくる。

確かに、彼女が言ってることもわかるのだけど……。

「あ、あれは、事故だったわけで、意味が変わってくると思うな……!?　というか、絶対にそういうこと他の人の前で言ったら駄目だよ……!?」

そんなことを言ってしまったら、周りの人間には既に体の関係を持っていると思われてしまう。

「い、言いませんよ、そんなこと……！　と言いますか、言えません……！」

「まぁ、そりゃあそうだよね」

「私だって、それくらいの常識はあるのです……」

どうやら拗ねてしまったようだ。

頬が小さくプクッと膨れてる。

「疑ってるわけじゃないから、拗ねないで」

俺は優しく頭を撫でて、シャーロットさんの不満解消を試みる。

すると、みるみるうちに頬がしぼんでしまった。

シャーロットさん、妹に負けず単純すぎる。

そういうところもかわいい。

「す、拗ねてないですよ……?」

うん、頬を膨らませてたのにそれは無理があるかな――とは思うものの、指摘して困らせるのもよくないので笑顔で誤魔化しておいた。

そうして、また甘やかしていると――。

「あの……清水さんに、明人君と東雲さんは血の繋がった兄妹であることを、お伝えしてもよろしいでしょうか……？」

今度は、突然意外なことを聞いてきた。

「えっ、どうして？」

「その……明人君と東雲さんが一緒にお昼に行っていることを、清水さんがよく思っていらっしゃらなくて……」

最近俺は、彰とだけでなく華凜とも一緒にお昼に行っている。

俺と彰は食堂で食べるので、華凜がお弁当を持ってついてきてる感じだ。

普通なら、男女の友達が仲良く食べているだけ――で話は終わるのだけど……。

「まぁ彼女がいるのに、どうして他の女子と一緒に食べに行くんだって感じだよね」

清水さんは俺とシャーロットさんが付き合っていることを知っているので、そう思っても無理はない。

「はい……ですから、正直に明人君たちが兄妹であることを、お伝えするほうがよろしいかと……。その、口はお堅い御方なので、吹聴されることもありませんし」

「俺じゃなくて、彰目当て――と言っても、信じるはずがないよね？」

「ここ最近の東雲さん、明人君にべったりですからね……」

そう、ちゃんとした兄妹になってからというもの、華凜は俺から離れなくなってしまった。

学校では、休み時間の度に俺のところに来るのだ。

彰を除いた男子たちはそれに対して何も思っていないようだけど、女子たちがそれをよく思っていないのは気になっていた。

他の女子とは仲良くしないどころか避けているくせに、男にはべったりなのか、と思われているのかもしれない。

このままでは、華凜に嫌がらせをされることも懸念される。

それに、一年生の中では俺と華凜が付き合っているという噂もあるらしい。

つい先日、わざわざ俺に尋ねてくる一年生の女の子がいたほどだ。

「公にはできないけど……清水さんになら、時を見て伝えてもらっていいよ」

俺が清水さんを信用しているわけではない。

だけど、シャーロットさんが信用しているような女の子なら、俺も信用したいと思った。

何より、口が軽くないというのは同じ印象だ。

それに華凜のことを考えると、清水さんを味方に付けられれば大きい。

清水さんとシャーロットさんという、クラスの中心二人が仲良くしている女の子にちょっかいをかける女子など、そうはいないだろう。

「ありがとうございます。清水さんにも、他言しないことはお願いしておきます」

「うん、よろしく。血が繋がった兄妹なのに、どうして苗字(みょうじ)が違うのか、とかいろいろと興味本位で探られるのは面倒だからね。信用できる人たちまでで止(とど)めておきたい」

事実を知られたことであの親たちがどうなろうと、それは自業自得(じごうじとく)だ。

しかし、そこに華凜が巻き込まれるとなると、話は変わってくる。

俺にも、実害が出てくるのは間違いないだろう。

だから、信用できる人たちの中だけで終わらせるのが一番だと思った。

だけどこうなると……彰には、話しておいたほうがいいかもしれないな。

それに清水さんと同じことを、美優先生が思っている可能性も十分考えられる。

やはり、都合がいいことだけを話すだけじゃ駄目か……。

俺たちが付き合っていることを知るみんなには、ちゃんと伝えようと思った。

もちろん、華凜にも話していいか確認を取る必要はあるのだけど。

「それじゃあ、そろそろいい時間だし、今日はもう帰る？」

気が付けば、日付が変わっていた。

いちゃついていたので疲れは感じないけれど、あまり夜更かしさせるのも良くないだろう。

幸い明日は土曜日だけど、予定もあるしな。

「あっ……もう一つだけ、わがままを言ってもよろしいでしょうか……？」

「ん？　もちろん、いいけど」

もしかして、まだ一緒にいたいって言うのかな？

そう思ったのだけど――。

「もうお付き合いをさせて頂いていますので……これからは、明人君と一緒に寝させて頂けませんか……？」

彼女のお願いは、俺の想像の斜め上を行っていた。

「えっ!?」

「ほ、ほら、あの……！　エマのお父さんになって頂いていますし、こちらのほうが家族らしいかと……！」

俺に拒絶される。

そう思ったのか、シャーロットさんは慌てて言葉を紡いできた。

彼女の言う通り、一緒に寝るほうが家族らしさはあるけど……。

「ふ、不安とかないの……？」

「明人君のことは信用していますので……。それに、私たち二人だけよりも、明人君がいてくださるほうが安心できます……」

確かに、若い女の子二人で寝ている部屋よりは、男がいたほうが不審者が入ってきた時対処できるだろう。

しかし、寝るところに男を入れておくというのは、別のリスクが出てくる。

恋人になったからこその許容範囲だというのはわかるが、普通の保護者がいれば却下されるレベルだ。

まぁ、俺たちはどちらも普段保護者がいないのだけど……。

「だめ、ですか……？」

俺が悩んでいると、シャーロットさんは縋るように上目遣いをしてきた。

本当に、この姉妹はよく似ている。

こんな表情をされたら、駄目だなんて言えるわけがない。

「俺も男だから……我慢が利かないことがあるかもしれないよ……？」

いくらエマちゃんがいるとはいえ、その気になれば別室に行くなど、いろいろと手はあるのだ。

だから、その時が来ればいくら俺でも我慢できる自信はない。

それだけ、シャーロットさんは魅力的な女の子なのだから。

「その時は、その時です……。明人君が望んでくださるなら、私はかまいません……」

「――っ」

こ、この子は……本当に、いろいろとまずいんじゃないか……？

熱に浮かされているというか、見境がなくなっているというか……。

今まで、悪い男に惚れなくてよかったと本気で思う。

尽くしたがりなのはわかるけど、いくらなんでも彼女自身が危険だ。

しかし――。

「そ、それじゃあ、一緒に寝ようか……」

ここまで彼女に言われて断れるほど、俺も人ができてはいない。

据え膳食わぬは男の恥、という言葉があるのだし、ここまで言わせて断るのも失礼だろう。

絶対に手を出さないように――俺が、頑張ればいいのだ。

……いや、全然自信はないけど……。

「あ、ありがとうございます……！　それでは、部屋に戻って寝る準備だけして、戻ってきますね……！」

彼女はそれだけ言うと、嬉しそうに部屋を出ていった。

自分が布面積の小さいコスプレ姿だということも忘れるほどに、一緒に寝たかったらしい。

その気持ちはとても嬉しくはあるのだけど――。

「あの子、大丈夫かな……？」

付き合いだして完全に舞い上がっている彼女に、不安を抱かずにはいられなかった。

俺が何か困るということはないのだけど、彼女自身が後々後悔しないかが心配だ。

だけど、それは――。

「俺が、後悔させせないような男になればいいだけの話か……」

彼女が後悔するとすれば、俺なんかに尽くさなければよかった、ということだろう。

だから、そう思わせせないように努力するしかないのだ。

シャーロットさんはとても魅力的な女の子なので、見合うようになるには凄く大変というか不可能とすら思うのだけど、それでも今やれることをやろうと俺は思うのだった。

——その後、枕やら歯ブラシセットやらを持ってきたシャーロットさんは、エマちゃんを起こして洗面所で歯磨きをさせていた。

そしてそれが終わると、寝ぼけている、というか——もうほとんど寝ているエマちゃんを抱っこした状態で戻ってきた。

「そ、それでは、寝ましょうか……?」

シャーロットさんから言い出したこととはいえ、やはり緊張しているのだろう。

赤くした顔で、はにかみながらそう促してきた。

本当なら、勉強をしたいところではあるのだけど……今日は遅くなっているし、明日寝不足になるわけにもいかないので、このまま一緒に寝ることにする。

そのため、寝室に移動すると——。

「えっ、俺が真ん中なの……?」

てっきり、エマちゃんを真ん中にして川の字で寝るのかと思いきや、シャーロットさんに真ん中で寝てほしいと言われてしまった。

「それだと、私が明人君と離れてしまうので……」

つまり、そういうことらしい。

「それなら、シャーロットさんが真ん中で寝たほうがいいんじゃ……？」

「エマも、明人君と一緒に寝たがると思いますので、こちらのほうがいいかと……」

「エマちゃん、たいてい寝てからお布団に運ばれてるから、わからないと思うけど……」

「朝起きた時に、明人君がいるのに自分の隣じゃなかったら、拗ねると思いますので……」

「そんなことは…………あるかもしれないね……」

自分のこととはいえ、エマちゃんの今までの俺への懐きようを見れば、確かにその可能性は十分考えられる。

ここは、一旦シャーロットさんの好きにさせたほうがいいのかもしれない。

その上で、問題があれば変えていけばいいだろう。

……彼女と、寝るのか……。

まるで、漫画やアニメの世界だな……。

シャーロットさんの要望通り俺が真ん中に寝て、左右にエマちゃんとシャーロットさんが寝る形で横になる。

すると――。

「こうしても、よろしいですか……？」

シャーロットさんは、すぐに俺に抱き着いてきた。

このまま寝たいらしい。

今日一日で凄く素直になってくれたようなのだけど、こうなってくると俺の心臓が破裂しそうだ。

だけど、自分から好きにわがままを言っていいと言った手前、断ることなんて絶対にできない。

早く、こういう生活に慣れることを祈ろう。

……いや、慣れる気が全く（まった）しないのだけど……。

「それはいいんだけど……服、パジャマに着替えないの……？」

「………………」

寝づらいんじゃないかと思って尋ねると、シャーロットさんは黙って自分の体へと視線を向ける。

そして――。

「わ、忘れてました……！　私、この格好で部屋を出ちゃったのですか……!?」

やはりコスプレ姿だと忘れていたようで、顔を真っ赤にして涙目になってしまった。

恋は盲目、と聞くけれど、彼女を見ていると本当かもしれない。

その後、シャーロットさんは別室でパジャマ姿に着替えてしまった。

俺と二人きりなら、カチューシャと尻尾だけ外してそのまま寝るのもいいらしいのだけど、目を覚ましたエマちゃんに見られるのは困るということで、着替えたらしい。

正直言えば凄く惜しいことをしたと思うけれど、まぁ仕方がないことだろう。

焦らなくても、順調に交際していればその時は来るだろうし。

……彼女の場合、俺が望めば今すぐにでもしてくれそうな気はするのだけど……。

「こうして一緒に寝られるなんて、夢みたいです……」

シャーロットさんはまだ先程の件を引きずっているのか、赤くした頬でそんなことを言ってくる。

目はウットリとしており、熱に浮かされているのがわかった。

「一ヵ月前の俺なら、夢にも思ってなかったよ」

シャーロットさんと出会って仲良くなれていたとはいえ、付き合えるなんて想像すらしていなかった。

思えば、彼女と出会ってまだ二ヵ月経っていないのだ。

それなのに、よくこんな関係にまで発展したと思う。

「えへへ……明人君の温もりです……」

くっついて寝られるのが嬉しいのか、ギュッと抱き着いてきながらシャーロットさんは頬を俺の胸に擦り付けてきた。

眠たいから甘えん坊になっているわけではないのだろう。

今日一日を見ていても、彼女の根はかなり甘えん坊だ。

エマちゃんの前ではお姉さんをしないといけなかったから、隠れていただけなんだと思う。

だから、エマちゃんが寝てからはその片鱗(へんりん)が見えていた。

「シャーロットさん」

「はい？」

「凄くかわいいよ」

「～～～～っ！」

甘えてくるシャーロットさんがあまりにもかわいかったので、頭を撫(な)でながら正直に伝えると、彼女は俺の胸に顔を押し付けて悶(もだ)えてしまった。

見れば、赤かった顔は真っ赤に染まっている。

「明人君……いじわるです……」

シャーロットさんは涙目で不服そうに頬を膨(ふく)らませて、俺の顔を見上げてきた。

どうやら、からかったと思っているようだ。

「思ったことを言っただけだよ」

普段なら、よほどのことがない限り面と向かっては言えない。

だけど、布団に転がってくっつきながらいちゃついている今なら、雰囲気もあって伝えることができただけだ。

「………………」

恥ずかしいのか、シャーロットさんは顔を俺の胸に擦り付けながら、抗議をしてくる。

そんな彼女の頭を撫でて、俺はあやし続けた。

「もうそろそろ寝ようか。明日は、朝が早いからね」

「そうですね……少し、寝てしまうのがもったいなくはありますが……」

俺だって、できることならこのままずっといちゃついていたい。

しかし、明日寝不足になるのはまずいし、彼女に夜更かしさせるわけにもいかないので、仕方がないのだ。

──まぁ、既に夜更かしだというのは否定できないのだけど。

「これからも長く一緒にいられると思うから、焦らなくてもいいんじゃないかな」

「はい、ずっと一緒です」

シャーロットさんは《放さない》とでもいうかのように、抱きついてきている腕にギュッと力を込めた。

そして目を閉じたので、俺も同じように目を閉じる。

おそらく、今日は人生で一番幸せに寝られる日だろう。

明日からも、こんな日々が続いてくれたらいいのに——と思うのだった。

第二章

「幼女二人とヤキモチ焼きな彼女」

「今回は誘ってくれてありがとうございます。クレアも、今日を凄く楽しみにしていました」

そうお礼を言ってきているのは、クレアちゃんのお母さんだった。

エマちゃんの誕生日の翌日、俺とシャーロットさんはこれからエマちゃんとクレアちゃんを連れて遊びに行くことになっている。

だから、俺たちの最寄り駅までクレアちゃんのお母さんが、クレアちゃんを連れてきてくれたのだ。

クレアちゃんは日本語をほとんど話せないが、お母さんは日本語を話せるらしい。

これなら、クレアちゃんもいずれ話せるようになるだろう。

「こちらこそ、お手数をおかけして申し訳ございませんでした」

「いえいえ、いつもクレアがお世話になっていますし、今回も本当に嬉しいんです。私の仕事の関係で日本にこないといけなくなったのはいいんですが、急だったこともあってクレアには日本語を教えられていなかったんですよ。そのせいで、友達ができずに寂しがっていたのですが――エマちゃんが友達になってくれてからは、あの子もよく笑うようになったんです」

日本に来たばかりのクレアちゃんに関して、俺はよく知らない。

だけど、言葉が通じず苦しんでいたエマちゃんを見ているので、クレアちゃんが同じような状況になっていたのは想像に難くない。

そんなクレアちゃんだけど、今はエマちゃんと楽しそうに話をしている。

そちらは、シャーロットさんが見てくれていた。

「エマちゃんもクレアちゃんがいてくれるからこそ、楽しそうに保育園に通えています。これからも、あの子と仲良くしてあげてください」

「はい、こちらからお願いしたいくらいです。それにしても――まだ若いのに、しっかりとされていますね」

「俺がですか？」

急に意外なことを言われて、俺は思わず首を傾げてしまう。

すると、クレアちゃんのお母さんはニコッと笑みを浮かべた。

「保育園での青柳君の活躍は、保育士さんから聞いています。単語カードに関しても、クレアが嬉しそうに見せてくれました。おかげさまで、今頑張って日本語を勉強しているんです」

「あはは……大袈裟に語られているのかもしれませんが、大したことはできていませんよ。ただ、クレアちゃんにとっていいように働いているなら、よかったです」

「青柳君との出会いは、クレアの運命を変えたと思っています。これからも、あの子のことを導いてあげてください。それでは、私は仕事に行ってきますね」

どうやら、俺はまた買い被られてしまったようだ。

単語カードのこと以外にも、猫のぬいぐるみの一件なども耳に入っているのはわかるけど、それを差し引いても過大評価である。

だけど、褒められて悪い気はしないし、俺なんかがクレアちゃんの役に立てるなら、これからも頑張ろうと思った。

「――結構、話し込んでいましたね？」

「あっ、シャーロットさん……って、なんで頬を膨らませているの？」

考えごとをしながらシャーロットさんたちのもとに戻ると、なぜか彼女の頬が小さく膨らんでいた。

目も、若干拗ねているように見える。

「別に……デレデレされていたことなんて、気にしていませんから……」

なるほど。

つまり、俺がデレデレしていたと、勘違いして拗ねているらしい。

いや、褒められていたし、笑顔で対応をしていたとは思うけど――デレデレはしてなかったんじゃないだろうか？

「相手はクレアちゃんのお母さんだよ？」

「でも、凄くお綺麗でした……」

それで、心配になったというわけか。

「大丈夫だよ、俺にはシャーロットさんがいるんだから、目移りしたりはしないからね」

幼女二人の前で何言ってるんだ、と思われるかもしれないが、幸い二人は日本語がまだよくわからない。

だから何も問題はないのだ。

「そのことは疑ってませんが……」

そう言いながら、シャーロットさんが俺の腕に自分の腕を絡ませてくる。

口元を見れば少し口角が上がっているので、喜んでくれているようだ。

しかし、彼女がくっついてくると――。

『おにいちゃん、エマだっこ……！』

『クレアも……！』

幼女二人が、俺にくっついてきた。

こうなってくると、さすがにシャーロットさん一人を構っているわけにはいかない。

「シャーロットさん、クレアちゃんをお願いしてもいいかな？」

エマちゃんとクレアちゃんを抱っこする時、本当ならエマちゃんをシャーロットさんに任せたほうがいいのだろうけど、それをするとエマちゃんが怒ってしまう。

だから、クレアちゃんをシャーロットさんに任せた。

まぁ、それによりクレアちゃんが若干悲しそうな顔をした気もしなくはないのだけど――穏便に済ませるには、これが一番なのだ。

『今日は、《ドイツの林》に行くんですよね？』

『そうだよ』

《ドイツの林》とは、赤磐市にある農業公園だ。

ドイツの農村をイメージした緑に囲まれたテーマパークであり、自然を体感できる。

せっかくの休みだし、幼いうちに自然の中で遊ばせたいと思ったのだ。

クレアちゃんを誘ったのは、エマちゃんがクレアちゃんと遊びたがったから、というのが一番の理由である。

『でんしゃ、のる？』

駅に入ると、エマちゃんが小首を傾げながら聞いてきた。

頭がいいので、この建物の中に入ったら電車に乗るんだということを覚えているらしい。

『うん、エマちゃんの大好きな電車だよ』

『わぁ……！』

俺が頷くと、エマちゃんは目を輝かせてパチパチと拍手した。

この反応を見るに、やっぱり電車のことは気に入っているらしい。

エマちゃんは活発なタイプなので、速い乗りものが好きなのかもしれない。

『でんしゃ……？』

『クレアちゃんは、電車乗ったことないのかな？』

『……？』

クレアちゃんが何やら首を傾げたので尋ねると、再度首を傾げてしまった。

どうやら心当たりがないらしい。

クレアちゃんのお母さんは先程駅まで車で来ていたし、普段は車で移動しているのだろう。

『はやい、のりもの』

そう答えたのは、エマちゃんだった。

クレアちゃんが知らないことを自分は知っていたからか、ちょっと得意げな表情をしてる。

ドヤ顔なところもかわいいのだから、幼女はずるい存在だ。

『くるまより？』

『…………』

きっと、なにげない質問だったのだろう。

しかし、普段車に乗らないエマちゃんには、電車と車のどちらが速いのかなんて判断が付かないようだ。

そのため、困ったように俺の顔を見上げてきた。

『電車のほうが速いよ』

『んっ、でんしゃのほうがはやい！』

耳打ちをしてあげると、エマちゃんはドヤ顔でクレアちゃんに答えた。

俺の声が、クレアちゃんには届いてないと思っての判断だろう。

幼いのに見栄っ張りのようだ。

『エマちゃん、ものしりですごいねぇ』

『んっ！』

クレアちゃんが褒めると、エマちゃんは嬉しそうに頷いた。

どうしてこの二人の仲がいいのか、今のやりとりを見て少しわかった気がする。

言葉の通じる相手が、お互いしかいないからではない。

それだけなら、エマちゃんの性格的にすぐ自分から離れていく。

だからきっと、クレアちゃんは純粋で褒め上手なのだろう。

すぐに褒めてくれるから、エマちゃんは機嫌を良くしているのだ。

前にぬいぐるみの取り合いをして喧嘩したことはあったけれど、二人とも引きずっていないようで安心した。

しかし――。

「私、ちょっと本気でエマの将来が心配になってきました……」

シャーロットさんは、俺と違う印象を抱いてしまったようだ。

日本語で呟いたのは、俺にだけわかるようにしたかったのだろう。

「大丈夫だよ、まだ幼いからこうなってるだけで、大きくなればいろいろとわかっていくはずだから」

「ですが……傲慢になったり、知ったかぶりや見栄っ張りの人間になる前に、注意していたほうが……」

「今は伸び伸びさせてあげるのがこの子のためだよ。幼い子は、スポンジのように物事を吸収するのが早い。だから、いろんなことに触れさせて、経験を積ませたいんだ。そのためには、なるべく怒らずに、好きにさせたほうがいい。そうしないと、委縮して自分のしたいこともできなくなるからね」

シャーロットさんが心配するのは凄くわかる。

まだ十代半ばとはいえ、それでも学校などでいろんな人間を見てきた。

良い人間も、悪い人間も見てきているのだ。

だから、悪い人間にならないよう、今のうちにしっかりと教育しておきたいと考えるのも無理はない。

だけど——今は、まだその時期じゃないと俺は思っていた。

「今はまだ、かわいいで済んでいる時期だよ。それが問題になりそうになってきたら、ちゃんと教えてあげたらいいんだ。ただ叱るんじゃなく、なんで駄目なのかってこともしっかり説明してね」

「明人君は、本当に凄いですね……。歳は同じはずなのに、私より何歳も大人に見えます」

それ、老けてるってことじゃないよな……？

一瞬そう思ったのだけど、シャーロットさんはそういうことを思ったりしないというのは既にわかっているので、俺は頭を切り替えた。

「買い被りすぎだよ。口にするのは簡単だけど、それを成し遂げているかと聞かれたら、俺だってまだ何もやってきていない。教育に関しては、手探り状態だよ」

それでも、彼女に父親役をお願いされた時から、自分なりに調べたり考えたりはしている。

エマちゃんにとって何が一番なのか。

どうしたらこの子は立派な大人になれるのか。

大切な女の子から頼まれた以上、俺はちゃんと責任を果たしたかった。

それに、エマちゃん自身もう俺にとっては凄く大切な子なのだ。

この子が立派な大人になるためなら、俺は全力でサポートしたい。

『おにいちゃんたち、またにほんごではなしてる……！』

俺たちの会話を理解できないのが不満だったようで、エマちゃんが頬を膨らませていた。

ちょっと、長く話しすぎたようだ。

『クレア、にほんごまだわからない……』

クレアちゃんも、寂しそうな表情を向けてきた。

さすがに、気をつけないと駄目そうだ。

『ごめんね、二人とも。ちゃんと英語で話すよ』

『ごめんなさい』

俺とシャーロットさんは幼女二人に謝った。

それで満足したのか、クレアちゃんはまた前を向く。

しかし、エマちゃんはまだ何か言いたそうにシャーロットさんを見た。

『どうしたの？』

『ロッティー、おにいちゃんをひとりじめするの、だめ』

どうやらエマちゃんは、シャーロットさんが俺を独り占めするために、日本語で話しかけたと思ったようだ。

内容がわからないのだから、そう思っても仕方ないのだけど――。

『そ、そうだね。うん、ごめん』

シャーロットさんは、結構動揺していた。

まさか、エマちゃんにこんなことを言われるとは思わなかったんだろう。

『みんななかよく、たいせつ』

シャーロットさんが再度謝ったことに対して、エマちゃんは笑顔で応えた。

これは、あれだろうか？

みんなで仲良く、俺を分けるってことなのか？

幼女が言うことをあまり真に受けてもあれなのだけど、さすがに俺もどう反応したらいいのかわからなかった。

多分、クレアちゃんと猫のぬいぐるみを取り合いした時のことを、教訓にしたんだと思うのだが……。

とりあえず一つ思うのは、目を覚ましている間俺を独占してるのはまず間違いなくエマちゃんなのだけど――本人は、自覚していないのかもしれない。

その後俺たちは、ご機嫌なエマちゃんに困ったように笑いながらも、電車に乗るのだった。

◆

『――ついたぁ……！』

目的地に着いてバスから降りると、エマちゃんは嬉しそうに両手を広げた。

途中で電車からバスに乗り換えたとはいえ、幼い子にとっては移動時間が結構長かったと思うのだけど、エマちゃんは元気そうだ。

『……♪』

見れば、シャーロットさんの腕の中にいるクレアちゃんもご機嫌そうだ。

花や動物が好きと聞いていたので、自然が嬉しいんだろう。

『初めて来ましたが、自然豊かでいいですね。落ち着きます』

『俺たちが住んでいるところも結構田舎だけど、ここまで自然豊かではないもんね』

『老後は、こういった自然に囲まれて過ごすのに憧れますね？』

そう同意を求めてきたのは、俺との老後まで考えている、ということでいいのだろうか？

彼女の場合、無自覚で言っていそうな気もするけれど、俺とそこまで考えていてくれるのなら嬉しい。

『そうだね、こういった自然の中でのんびり暮らしたいや』

俺は笑顔で返しつつ、腕の中にいるエマちゃんに視線を向ける。

大人になった時、この子はいったいどんなふうに育っているんだろう？

早く、その姿を見てみたいと思ってしまった。

『んっ』

俺が見ていたからだろう。

視線に気が付いたエマちゃんは、ニコッと笑みを浮かべた。

本当に、かわいい子だ。

『よしよし』

『んっ、えへへ……』

頭を撫でてあげると、エマちゃんは嬉しそうに頭を預けてくる。

相変わらず、頭なでなでが好きなのだ。

『クレアも……』

そうしていると、エマちゃんが羨ましかったのか、クレアちゃんも俺に向けて頭を差し出してきた。

一瞬シャーロットさんが、自分が撫でるべきか迷ったようだったけど、俺に頭を出していたので任せることにしたようだ。

そのため、エマちゃんから手を離してクレアちゃんに手を伸ばす。

『あっ……』

自分の頭から手が離れたことで一瞬エマちゃんが不服そうな顔をしたけれど、クレアちゃんに手が向かっているとわかって、グッと我慢したようだ。

昔なら、まず間違いなく怒っていただろう。

猫のぬいぐるみの一件で、エマちゃんもちゃんと成長している。

この調子なら、シャーロットさんの心配は懸念で終わり、立派な子に育つと思った。

『いたくない？』

『うん、きもちいい……』

撫でる力加減は大丈夫かという意味で尋ねてみると、クレアちゃんは言葉通り気持ち良さそうな表情を浮かべた。

さすがに毎日エマちゃんの頭を撫でているだけあって、力加減は大丈夫なようだ。

そうして、クレアちゃんを甘やかしていると――。

『んっ……！』

今度は自分の番だ、と言わんばかりにエマちゃんが頭を差し出してきた。

だから俺はエマちゃんの頭を撫でる。

すると、少ししてまたクレアちゃんが頭を差し出してきた。

どうやら、交互に撫で続けないといけないらしい。

そうやって甘やかしていると――。

『そ、そろそろ行きませんか……？』

シャーロットさんが、俺の服の袖（そで）を引っ張ってストップをかけた。

このままでは、延々に終わらないと思ったのかもしれない。

『ごめん、行こっか』

二人を撫でるのをやめると、エマちゃんもクレアちゃんも不満そうにはしなかった。

結構長い時間撫でていたので、二人とも満足したのかもしれない。

むしろ、満足してないのは――

『私だけ、なかったです……』

――シャーロットさんなのかもしれない。

何を呟いたのかは聞こえなかったけれど、若干寂しそうな表情を浮かべていたのだ。

その後、俺たちは《ドイツの林》の中に入った。

敷地内ということで車の危険がないので、俺とシャーロットさんはエマちゃんたちを地面へと降ろす。

エマちゃんは不満そうにして抱っこを求めてくるかと思ったけれど、クレアちゃんがいる手前我慢したようだ。

その代わり、俺の右手を握ってきた。

抱っこが駄目なら、前のように手を繋いで歩くということなのだろう。

それを見たクレアちゃんも、恐る恐る俺の空いている左手を取った。

だから、俺の両手は塞がれてしまった形になる。

『いろいろと、複雑です……』

この光景を見てシャーロットさんがまた何やら呟いたけれど、多分自分だけ除け者になっていることを寂しく思っているのだろう。

クレアちゃんも、俺じゃなくシャーロットさんと手を繋いでくれたらよかったのだけど……まぁ、エマちゃんの真似をしたんだろうな。

結局、口出しするのも憚られたので、そのまま歩を進めた。

そして、草木と花に囲まれた道を歩いていると――。

『あっ、あのブランコは……』

シャーロットさんが、村エリアでとあるブランコを見つけて足を止めた。

『ん？　乗ってみたいの？』

『えっと……そういうわけではないのですが……あのブランコ、アルプスを舞台にしたとても有名なアニメのブランコを、模しているそうなんです』

言われてみれば、すぐ近くにある大きな看板には、俺でさえ見覚えのある少女のイラストが描かれていた。

なるほど、アニメ好きの彼女が気になるのも仕方がない。

『いいよ、乗ってみようよ』

『えっ、ですが……』

シャーロットさんは、チラッとエマちゃんやクレアちゃんを見る。

『今日はエマちゃんとクレアちゃんのために来たとはいえ、シャーロットさんにも楽しんでもらいたいと俺は思っているよ』

彼女が何を気にしているのかすぐにわかったので、俺はすかさずフォローを入れた。

そして、エマちゃんたちにも話を振る。

『エマちゃん、クレアちゃん、あのブランコ乗ってみようか？』

『んっ！』

『うん、のってみたい……』

エマちゃんは元気よく右手を挙げて、クレアちゃんは恥ずかしそうに笑みを浮かべて小さく頷(うなず)いた。

『二人も乗り気だし、どうかな？』

『全(まった)く……明人君は、私の扱いまで上手(じょうず)なんですから……』

シャーロットさんは困ったように笑みを浮かべる。

そして、俺の服の袖(そで)を小さく摘(つ)まんできた。

『お言葉に甘えさせてください』

素直になってくれたことで、俺は笑顔を返す。

こうして、ブランコの利用券を買って乗せてもらうことになった。

二人でも乗れる幅のようだけど、エマちゃんとクレアちゃんを抱っこする必要があるので、俺とシャーロットさんは別々に乗ることにする。

俺がエマちゃん、シャーロットさんがクレアちゃんを抱っこして乗ることになった。

『おおきい……』

ブランコを間近から見たエマちゃんは、座板を吊り上げている凄く長いロープを見て、静かに驚いていた。

確かに、これほど大きいブランコは滅多に見かけないだろう。

先にシャーロットさんとクレアちゃんに乗ってもらい、その次に俺とエマちゃんが乗ったのだけど、従業員の方がゆっくりと押してくれたのでエマちゃんたちは楽しめたようだ。

そして、展望台にも足を運んだ後――俺たちは、遊エリアという様々なアトラクションで遊べるエリアを訪れた。

『おにいちゃん、あれやりたい』

エマちゃんがそう言って指さすのは、お父さんと小学生らしき女の子が乗っている、ゴーカートだった。

確かに、気持ち良さそうで乗ってみたいという気持ちはわかるけど……。

『あれって……何歳から乗れるのでしょうか……？』

シャーロットさんが気にした通り、ああいった乗りものには安全上のため、年齢制限や身長制限が設けられている場合がある。

少なくとも、小学生以上じゃないと難しそうだが……。

「――申し訳ございません、八歳以上になりますね……」

従業員さんに聞いたら、やっぱりエマちゃんやクレアちゃんは乗れなかった。

『ごめんね、エマちゃん。もう少し大きくなってからじゃないと乗れないんだ』

『んっ……』

乗れないことを理解すると、エマちゃんはシュンとしてしまった。

我が儘を言わなかったのは、言っても仕方がないと理解しているからだろう。

この子は頭がいいせいか、無理を言っても要求が通らないものに関しては、すぐに諦める傾向がある。

逆に言うと、我が儘を言って駄々をこねる時は、要求が通ると理解しているからだ。

だから、我が儘を言い出した時は譲らないのだろう。

――前に、お風呂の時も駄々をこねたことがあったけれど、あれは男女の関係をエマちゃんがまだ理解していなかったから、要求が通ると思ってなかなか折れなかったんだろうな。

『他に何か乗りたい物はある？』

『あれ……』

次にエマちゃんが指さしたのは、池に浮かぶアヒル型の足こぎボートだった。

……あれも怪しいな……。

果たして、エマちゃんとクレアちゃんの年齢で乗れるのかどうか。

俺はドキドキしながら従業員さんに声をかけた。

するとーー。

「はい、四歳の方から大丈夫ですよ」

昨日誕生日を迎えたエマちゃんはもちろんのこと、クレアちゃんもギリギリ乗れる年齢だった。

『乗れるみたいだよ』

『んっ……！　クレアちゃん、のろ……！』

エマちゃんは嬉しそうに頷いた後、クレアちゃんに声をかけた。

『アヒルさん……のる』

クレアちゃんも乗りたかったようで、ソワソワとし始める。

そのようすに微笑ましさを感じながら、俺は四人乗りの足こぎボートを借りた。

『二人とも、水に触れようとしたら駄目だよ？』

池と言っても伝わるかわからなかったので、わかりやすく水と表現してエマちゃんとクレアちゃんに伝える。

すると、エマちゃんはまた元気よく手を挙げて、そのエマちゃんを見たクレアちゃんは恥ずかしそうに手を挙げた。

どうやら、クレアちゃんはシャイのようだ。

『もうすっかり、お父さんが板についてらっしゃいます……』

俺のことを見ながら、シャーロットさんが困ったように笑みを浮かべた。

まぁ確かに、完全にお父さんみたいなことをしている気はするんだけど……。

そうして、前に俺とエマちゃん、後ろにシャーロットさんとクレアちゃんという形で足こぎボートに乗り、俺たちは池の上の探索を楽しむのだった。

次に向かったのは、芝すべりだった。

全長32ｍの超特大ゲレンデをプラスチック製のソリで滑るもので、子供に大人気らしい。

四歳以上なら一人でも滑らせてもらえるようだけど、エマちゃんは俺と滑りたいと主張してきた。

一方のクレアちゃんは怖いらしく、乗ること自体をやめたようだ。

無理強い（むりじ）できることではないので、クレアちゃんをシャーロットさんに任せて、俺はエマちゃんとゲレンデの頂上に向かう。

そして、頂上に着くと――。

『………』

下を覗（のぞ）き込んだエマちゃんは、言葉を失って固まっていた。

『おにいちゃん……』

実際に登ってみたことで、高さを実感してしまったのだろう。

『ん？』

『エマ、いい……。おにいちゃん、ひとりでいって』

エマちゃんは、自分が滑ることを諦めて俺一人で行かせたいようだ。

さて、どうしたものか。

おとなしくて気弱なクレアちゃんには無理強いしなかったけど、元気が良くて好奇心旺盛なエマちゃんには、できれば芝すべりを体験してほしい。

滑られることがわかれば、絶対に気に入るだろう。

今は未知のものに対する恐怖が出ているだけなので、どうにか滑らせられないか思考を巡らせてみた。

『――エマちゃん、俺が一緒に滑るから安全だよ？　それでも怖い？』

ちょっと卑怯だと思うけど、エマちゃんが俺に抱く信頼に懸けてみる。

すると、エマちゃんは困ったように視線を彷徨わせて、最後に俺に視線を戻した。

『んっ……』

コクンッと小さく頷き、繋いでいる手をギュッと握りしめてくる。

乗る決心がついたようだ。

『大丈夫、絶対安全だから』

俺はそう言ってエマちゃんを安心させて、ソリに座る。

エマちゃんは、俺の股の間に座ってきた。

そして――。

『わぁあああああ！』

勢いよく滑り降りると、エマちゃんは絶叫していた。

まるでジェットコースターに乗っているかのようだ。

『…………』

『エ、エマちゃん、大丈夫……？』

滑り終えてもソリの上でビクともしないエマちゃんに対し、俺は不安を抱いてしまう。

さすがに、エマちゃんにはまだ早かったのだろうか？

そう思っていると――。

『おにいちゃん、もっかい……！』

エマちゃんは、突然勢いよく振り返ってきた。

その頬は赤みを帯びており、興奮しているのがわかる。

『おもしろかった？』

『んっ……！』

どうやら、取り越し苦労だったようだ。

狙い通り、気に入ってくれたらしい。

その後は、エマちゃんの要望で時間いっぱい何度も滑り、俺たちは楽しい時間を過ごした。

しかし、そうなると――。

『クレアも、いい……?』

エマちゃんが楽しそうに何度も滑っていたので、クレアちゃんも滑りたくなったようだ。

ということで、今度は俺とクレアちゃん、そしてシャーロットさんとエマちゃんがペアで、また制限時間まで滑って遊ぶのだった。

『次は、動物と触れ合える場所ですね』

『ねこちゃん!?』

遊エリアを後にして、牧エリアという動物たちと触れ合えるエリアを目指している最中のこと。

シャーロットさんが園内のマップを見ながら聞いてくると、エマちゃんが元気よく反応してしまった。

動物と聞いて、猫がいるのだと思ったのだろう。

この子は、動物イコール猫だと思っているほどに、猫が好きなのだから。

『猫は、いないかもしれないね……』

犬なら連れ込んでいいらしいんだけど……。

『んっ……』

猫がいないとわかると、エマちゃんはシュンとしてしまった。

まぁ、猫と遊びたいのはわかるけど……。

『猫とは、また動物園で遊ぼうね。今日は、他の動物たちと遊べるよ』

『んっ』

若干渋々ではあるけど、納得してくれたようだ。

物分かりが良くて助かる。

『クレアも、ねこちゃんとあそびたかった……』

エマちゃんの頭を撫でると、クレアちゃんが物欲しそうな表情を向けてきた。

これは、自分も慰めろ、ということなのだろうか？

とりあえず頭を撫でてあげると、クレアちゃんはエマちゃんと同じように気持ち良さそうな表情を浮かべた。

満足してもらえているようだ。

『いいなぁ……』

『ん？　シャーロットさん、どうかした？』

二人の頭を撫でていると、シャーロットさんが何か言いたそうな表情を向けてきていることに気が付いた。

しかし、彼女は首を左右に振ってしまう。

『いえ、なんでもありませんよ』

なんでもないようには見えないのだけど――相変わらず、言葉を呑み込む子だ。

今はエマちゃんたちがいるから、言いたいことを言えないのかもしれない。

『おにいちゃん、どうぶつさんとあそぶ……！』

シャーロットさんに気を取られていると、エマちゃんがクイクイッと俺の服の袖を引っ張ってきた。

早く動物に会いたいのだろう。

そしてそんなエマちゃんを見たクレアちゃんは、同じように俺の服の袖を引っ張ってきた。

どうやら、クレアちゃんはエマちゃんを真似するのが好きみたいだ。

もしかしたら、前に猫のぬいぐるみを借りたがったのも、エマちゃんが持っていたからかもしれない。

きっと、それだけエマちゃんのことが好きなのだろう。

『うん、動物たちのところに行こうね』

俺はかわいい幼女二人に急かされるまま、動物たちのもとに向かった。

『――おにいちゃん、うさぎさんがいる……！』

『うさぎさん……！』

エマちゃんとクレアちゃんは、うさぎを見つけると嬉しそうに跳ね始めた。

というより、エマちゃんがジャンプをしたから、クレアちゃんも同じようにジャンプをしているようだ。

『餌やりできるみたいだから、やってみようか？』

『えさやり!?　やる！』

『やる……！』

二人がヤル気なので、俺は近くに設置されていた、動物のおやつが出てくるガチャガチャにお金を入れて餌を手に入れた。

クレアちゃんの分も必要なので、もう一度ガチャガチャをして、出てきた餌をそれぞれスコップに入れる。

そしてエマちゃんたちに渡すと、シャーロットさんに視線を向けた。

『せっかくの機会だし、シャーロットさんもやったらどう？　うさぎだけじゃなくて、ヤギとかアルパカとかにも餌をあげられるしさ』

なんだかシャーロットさんがやりたそうに見ている気がし、俺はそう声をかけてみた。

すると、彼女は少しだけ悩んで、お金を取り出した。

『いいよ、俺が出すから』

『ですが、エマやクレアちゃんの分まで出して頂いたのに……』

『気にしないでいいんだ、こんな時でもなければ使う機会なんてないから』

好きに使えばいいと毎月お金は振り込まれているのだけど、生活費以外で使うことがほとんどないので、沢山お金は貯金してある。

将来的には頂いた分を全額返す予定だが、これくらいは使ってもいいだろう。

『ありがとうございます。そういえば……』

何かを言いたそうにシャーロットさんは途中まで口にしたが、言ったらまずいと思ったのか言葉を呑み込んだようだ。

おそらく、俺はいったいお金をどこから手に入れているのか、が気になったのだろう。

今までは別に住んでいる親が振り込んでいるのだと思っていただろうけど、それが違うということは先日わかったはずだ。

当然のことではあるが、親がいない俺には、別の人間が保護者としてついている。

その辺に関しては、いつか話さないといけない。

結構重たい話なのと、余計な心配をさせてしまうため、二の足を踏んでしまっているのだが……。

『おにいちゃん、うさぎさんのところにいく……！』

餌を手に入れたので、エマちゃんとクレアちゃんは早くうさぎのところに戻りたいようだ。

猫がいなくてもはしゃいでくれていることに安堵しながら、俺はエマちゃんたちを連れてうさぎのもとに戻った。

『うさぎさん、どうぞ』

『どうぞ』

二人は広場にいたうさぎたちに餌を食べさせる。

小動物が相手なので怪我はしないだろうけど、うさぎたちにも怪我をさせないように俺は二人の動きを注視した。

そんな俺の心配をよそに、二人は仲良く餌をあげることができている。

「まるで、仲のいい姉妹のようですね」

「エマちゃんが元気のいいお姉さんで、クレアちゃんがおとなしい妹ちゃんって感じかな？」

「ふふ、そうですね。エマがはしゃいでクレアちゃんの手を引き、小さな冒険をしている姿が想像できてしまいました」

シャーロットさんの言う通り、簡単にその光景が思い浮かぶ。

もしかしたら、保育園では実際にそうしているかもしれない。

それくらい、二人のイメージがしっくりきた。

『おにいちゃん、もうないの……？』

餌がなくなると、テテテッとエマちゃんが俺のもとに戻ってきた。

まだ食べさせたいのだろう。

『それじゃあ、買いに行こうか』

『あっ、私のがあるので』

『それは、シャーロットさんの分だよ。クレアちゃんの分も必要だからどっちみち買いに行かないといけないんだし、エマちゃんのも買ってくるよ』

シャーロットさんにとってエマちゃんに譲(ゆず)るのが当たり前になっているのはわかるけど、なんでもかんでも譲る必要はない。

今回のことだって、買いに行けば済む話だし、どっちみちクレアちゃんの分を買いに行かないといけないなら、譲る意味もさほどないと思う。

そういう判断を、シャーロットさんが自分でできるようになってくれたらいいな——と思うが、難しいんだろうな。

当たり前を変えることは、簡単じゃないのだから。

それに、俺があまり口出しできるところじゃない、というのもある。

『ロッティー、うさぎさんがまってるよ?』

エマちゃんもシャーロットさんがまだ餌をあげてないとわかったようで、うさぎのほうを指さしてそう促した。

餌をあげに行ってこいと言っているのだろう。

『そうだね、あげてくるよ』

エマちゃんにも言われたからか、この餌は自分であげることにしたようだ。

ちょうど足元にうさぎが寄ってきたこともあり、シャーロットさんはしゃがんでうさぎに餌をあげた。

『おにいちゃん、エマも』

『クレアも』

『うん、そうだね。餌を取りに行こうか』

シャーロットさんにすり寄るうさぎを見て羨ましかったんだろう。

エマちゃんとクレアちゃんは、餌がほしいと急かしてきた。

だから俺は、シャーロットさんが餌をあげ終えるのを見届けて、四人で仲良く餌を取りに行くのだった。

◆

『『――すぅ……すぅ……』』

「気持ち良さそうに寝ていますね」

帰りのバスの中で、エマちゃんもクレアちゃんも俺たちの腕の中で眠っていた。

あの後もカンガルーやアルパカなどに餌をあげていたし、沢山遊んだので疲れてしまったのだろう。

「クレアちゃんがいたから、エマちゃんいつも以上にはしゃいでたね」

「嬉しかったんでしょうね。元々、クレアちゃんと遊びに行きたいと言ったのはエマですし、同年代の子とこうやって一緒に遊ぶことなんて、ほとんどなかったですから」

エマちゃんは身内以外には興味を示さず、拒絶する傾向にあるので、なかなか仲がいい友達を作れないのだろう。

こんなふうに仲良くなってくれたクレアちゃんには、感謝しかない。

「それにしても……さすがに、ちょっと疲れました……」

シャーロットさんはそう言うと、甘えるように俺の肩に頭を預けてきた。

彼女はあまり体力がないので、幼女たちに振り回されて限界が来ているのだろう。

クレアちゃんを抱いていなければ、寝ていたかもしれない。

「子育ては大変なんだなって改めて実感したよ。まぁでも、エマちゃんは目を離すとどっか行きそうなイメージがあるから気を抜けないけど、クレアちゃんはおとなしくて一人じゃどこかに行こうとはしないから、まだよかったね」

決して目を離したりはしないけれど、気の遣いようが違うので、精神的なしんどさが変わってくる。

これがもしエマちゃんが二人いたら、更に俺たちは疲れていただろう。

もちろん元気がいいのは凄くいいことなのだけど、付き合う身としてはやっぱりしんどい部分もあるのだ。

「クレアちゃん、なんだかんだでほとんど明人君から離れませんでしたもんね。本当に、凄く懐かれたものです」

確かに、芝すべりをする時くらいしか離れなかったけれど、なんだかシャーロットさんが物言いたげな様子だ。

懐かれることが悪いはずがないので、他に言いたいことがあるのだろうか？

「えっと……何か、問題があったかな？」

「問題はありませんが……」

「ありませんが？」

「その……明人君を取られた気分でした……」

「…………」

やっぱり、彼女は独占欲が強いと思う。

まさか、幼女に嫉妬するとは……。

いや、確かに目を離したりできないから、シャーロットさんに構ってあげられなかったけど……それでも、まさかクレアちゃんにまで妬くか……。

「もしかして、時々何か言いたそうな目をしてたのは、それ？」

「……顔に出てましたか……？」

「まぁ、なんとなくは……」

時々、何かを言いたそうな表情をしていた。

あからさまに嫉妬をしている感じではなかったけど、多分気に入らなかったんだろうな。

「私、自覚してなかったのですが……凄い、ヤキモチ焼きのようです……」

自分の発言を省みて、嫉妬していることを自覚したのだろう。

幼女に嫉妬をするなんて、嫉妬深いと思っても不思議じゃない。

正直、エマちゃんたちとシャーロットさんでは見方が違うし、かわいいという言葉でも意味が全然変わってくる。

女性として特別扱いをするのはシャーロットさんだけなのだから、他の子にヤキモチを焼く必要はない――なんて言葉が通れば、とっくに言っていた。

それくらいのことは彼女もわかっていて、それでもヤキモチを焼いているのだから、言ったところで意味なんてないのだ。

「前にも言ったけど、嫉妬してくれることは嬉しいから、あんまり気にしないでほしいな。ただ、エマちゃんやクレアちゃんが気にするかもしれないから、この子たちが見てるところでは態度に出さないようにしてね」

俺が言えることはそれくらいだ。

シャーロットさんが気に病むことではないと思うし、抑え込む必要もない。

それにあまり抑え込むと、あとで反動が起きたりもしかねないので、そちらのほうが怖い。

「ご迷惑をおかけして、申し訳ございません……」

「迷惑だなんてこれっぽっちも思ってないけどね。それよりも――嫉妬ってことは、甘やかしたりしたら溜飲（りゅういん）が下がるのかな？」

別に、茶化しているわけではない。

シャーロットさんが嫉妬して困っているというのなら、どうにかしてあげたいのだ。

だから、対策を考えている。

「甘やかしてくださるなら……嬉しいです……」

シャーロットさんは恥ずかしそうに顔を赤らめながら、コクンッと頷（うなず）いた。

やっぱり、甘えん坊の彼女にはこの対応でいいようだ。

「シャーロットさんは俺の彼女だからね、もちろん甘やかすよ」

そう言いながら、優しく頭を撫（な）でてあげる。

「あっ……えへへ……」

頭を撫でただけで、とろけたような笑顔をシャーロットさんは浮かべた。

相変わらず、反則級にかわいいんだよな……。

ここまで素直で優しくて、甘えん坊な彼女はそうそういないだろう。

——その後、地元の駅でクレアちゃんのお母さんにクレアちゃんを渡すと、俺とシャーロットさんは家に帰った。

そして、シャーロットさんはエマちゃんを連れて一度部屋に戻っていった。

汗をかいてしまっているし、お風呂に入りたかったようだ。

もちろん俺も、彼女が自分の家に戻っている間にお風呂に入って、今日かいた汗を流しておいた。

「——おまたせしました」

部屋に戻ってきたシャーロットさんは、寝間着姿だった。

その腕にはエマちゃんが抱えられているのだけど、まだ寝ているみたいだ。

「おかえり。エマちゃんは起きなかったの？」

「なんとか起こしてお風呂には入れたのですけど、お風呂の中でも寝ぼけていて、上がった後はまたすぐに寝てしまいました」

「よほど疲れているんだね、少し寝かせておいてあげよう」

「はい、晩御飯は遅くなってしまって大丈夫ですか？」

まだ晩御飯は食べていないのだけど、先程寝直したばかりなら起こすのは可哀想だ。

「うん、俺は大丈夫だよ。シャーロットさんは？」

「私も大丈夫です。それよりも……」

彼女はそこで言葉を切って、顔を赤らめながらくっついてくる。

ご飯よりも、甘やかしてほしいということなのだろう。

「エマちゃんを先に寝かせようか」

俺はバクバクとうるさい鼓動を我慢しながら、取り繕(つくろ)った笑顔を彼女に向けた。

もう既に恥ずかしい一面や情けない一面を見せてしまっているけれど、あまりがっつく男だと思われたくないのだ。

シャーロットさんは、エマちゃんをクッションの上に寝かせて、小さい毛布をかける。

「エマちゃんはよく寝るから、将来大きくなるかもね」

「ふふ、そうですね。とはいっても、大きくなったエマはまだ想像できませんが」

確かに、普段のエマちゃんの行動や甘えん坊具合を見ているとまだまだ子供なので、どういう大人に育つかはわからない。

ただ、見た目はシャーロットさんに似て凄く美人に育つと思う。

その上で、明るくて活発な子に育つんじゃないだろうか。

もしかしたら、カリスマになってるかもしれない。

「…………」

エマちゃんの寝顔を見つめていると、シャーロットさんが顔を赤くしてソワソワとしながら俺を見始めた。

物欲しそうな顔をしており、言葉にはしていないがおねだりされているような気がする。

「おいで」

俺は両手を広げながらシャーロットさんに声をかけた。

すると、彼女は嬉しそうに俺の股の間に座ってくる。

そして、トンッと体を預けてきた。

「漫画を読む？」

「今日は……いいです……」

普段ならこの姿勢で漫画を一緒に読むのだけど、今日はそういう気分じゃないらしい。

「それよりも……」

シャーロットさんは上目遣いにチラッと俺を見てきたのだけど、すぐに目を逸らした。

人差し指を合わせ、モジモジとしている。

早く甘やかしてほしいのだろう。

昨日は素直に甘えてきていたのだけど、あれは猫のコスプレをしていたことで、吹っ切れていたのかもしれない。

「今日はお疲れ様」

幼女二人の相手をして大変だった彼女のことを、俺は優しく抱きしめながら労った。

シャーロットさんの身が固くなったのがわかるけど、抱きしめる手は緩めない。

彼女が緊張しているだけで、嫌がっていないのがわかるからだ。

「明人君も、お疲れ様です。凄いですね、私よりもエマたちの相手をしていたのに、全然疲れていないようです」

「男だからね、さすがにまだ大丈夫だよ」

――と、強がってみるものの、やはり倦怠感はある。

昔ならこんなことでは疲れなかったと思うから、三年という年月は俺から体力を奪ってしまったようだ。

この前の体育祭の時にもわかったけれど、俺は中学二年の頃に比べて大分体力が落ちてしまっている。

だけどそれを見せないのは、シャーロットさんに心配をかけさせたり、気を遣わせたくないからだ。

「私も運動をしていれば、体力に困らなかったのでしょうけど……どうしても、運動は苦手なのです……」

「得意不得意は誰にでもあるからね、仕方がないよ」

「でも、エマのことを羨ましく思うんです……。私と違って運動神経がとてもいいですし、要領も良くて物覚えもいいですから」

それは、俺も感じていたことだ。

幼いにもかかわらず、エマちゃんの物覚えの良さなどは異常にいい。

こんなにもセンス——いや、才能に溢れた人間は、サッカーをしていた時でさえ、そうは見かけなかった。

「シャーロットさんも勉強ができて、家事も得意じゃないか。君のことを羨ましがっている人は多いよ」

「それは、そうかもしれませんが……」

「簡単に比較できるほど、人は単純にできていないんだ。それよりも、もう少し大きくなったらエマちゃんには何か習い事をさせるの？」

今エマちゃんは習い事を何もしていない。

だけど、幼いうちにしか身に付かない感覚もあるのだし、できることなら早めに習い事をさせたほうがいいと俺は思った。

「わかりません。お母さんとも相談しないといけませんし、何よりエマがやりたがるかどうかですので」

「確かに、それもそうだね。特に、エマちゃんの意思は大切だよ」

エマちゃんの人生は、エマちゃんのものだ。

何をするのか、それは本人に決めさせてあげるべきだろう。

その上で、必要なことを周りの大人が教えてあげたり、用意してあげたらいい。

「はい。ただ、少し心配もありまして……あの子、なんでもすぐできるからか、飽き性なところがあるんですよね……」

そう言って、不安そうな表情を浮かべるシャーロットさん。

飽き性なところ……？

「飽き性、なのかな？　けん玉とお手玉は、今も時々してるけど……」

猫のぬいぐるみを保育園に持っていくようになってからというもの、エマちゃんはけん玉やお手玉をお友達に披露する機会を失っている。

それでも、たまに俺の膝に座ってやっているのだ。

もうあれから一ヵ月以上経っているのだし、飽き性なら既に飽きていてもおかしくないだろう。

「それは、明人君に教えてもらったことだからだと思います」

「う～ん、さすがにそこまで関係するかな……？」

「関係しますよ。それだけ、明人君の存在はエマにとって大きいのです」

当然のことではあるが、俺は自分と出会う前のエマちゃんを知らない。

だから、俺と出会ってからエマちゃんがどれだけ変わっているのかがわからないのだ。

だけど、身近で一番見てきたシャーロットさんが言うのなら、そうなのかもしれない。

ということは、気をつけておかないと、俺の立ち振る舞いのせいでエマちゃんに悪い影響を与えかねないということだ。

「お手本になれる人間にならないといけないね」

「明人君は、十分エマのお手本ですよ。それに、明人君がいてくださるからこそ、エマは日本語の勉強も頑張っているのです。明人君がいなければ、日本に住んでいたとしても、日本語を覚えようなんてしなかったと思いますよ」

身内以外には興味を示さないエマちゃんなら、確かにそうなのかもしれない。

周りの人間に対して友好的になったのも、俺と出会ってからだとシャーロットさんは言っていた。

そんなエマちゃんであれば、言葉が通じる人間とだけ話せばいい、なんて考えを持っていても不思議ではない。

「……勉強ができて、運動もできる。その上、優しくて気遣いもできる素敵な御方なのですから……明人君以上の人なんて、いませんよ」

シャーロットさんはそう言うと、体勢を変えて恥ずかしそうに俺の胸に自分の顔を押し付けてきた。

言っていて恥ずかしくなったんだろう。

この子は俺のことを買い被(かぶ)りすぎている。

俺は、そんな立派な人間じゃない。

だけど、寄せられる期待には応えたかった。

彼女がイメージしている男になれるように、俺が努力すればいいのだ。

「ありがとう、シャーロットさん」

俺はお礼を言いながら、かわいい彼女の頭を優しく撫(な)でるのだった。

第三章 「パニックになる学校と切り離せない過去」

「明人君、ここからもご一緒してよろしいのですよね……？」

月曜日――エマちゃんを保育園に預けると、シャーロットさんが顔色を窺うようにして、上目遣いで尋ねてきた。

三日前に話した通り、俺たちの関係を打ち明けるのなら、もう別々に登校する必要はない。

その最終確認をシャーロットさんはしてきたのだ。

「うん、もちろんだよ」

不安にさせないように、俺は笑顔を返す。

すると、シャーロットさんは嬉しそうに俺の腕に抱きついてきた。

そこまでいいとは言ってないのだけど――まぁ、周りに関係を示すなら、逆にわかりやすくていいのか。

下手に距離を取って探りや横やりを入れられたりするよりは、こちらのほうが良さそうだ。

「皆さん、ビックリされますかね？」

「あはは、そりゃあね」

言葉にはしないけど、おそらく軽いパニックになるだろう。

それどころか、大パニックになってしまうかもしれない。

シャーロットさんは、それだけ学校で人気があるのだ。

「──お、おい、あれ……！」

「はぁ!?　なに、どういうことだよ!?」

俺が思った通り、人通りの多い道に出ると、登校をしていた生徒たちが騒ぎ始めた。

シャーロットさんは銀髪なので目立つため、すぐにわかったようだ。

「ちょっ、誰か聞いてこいよ！」

「そう言うお前が行けよ！」

「無理だ、シャーロットさんと話したことがないんだよ！」

どうやら、俺たちの関係を聞きに行く役を押し付け合っているようだ。

そういえば、シャーロットさんが告白をされたという話は聞いたことがないのだけど、こんなふうに話しかけることさえできないのであれば、それも仕方がないのかもしれない。

要は、学校一の美少女で大人気な女の子に告白をする度胸が、皆なかったということだ。

……まぁ、俺もあまり人のことは言えないのだけど。

「やはり皆さん、私たちの関係が気になるようですね……」

「今まで男の影がなかった美少女に、いきなり彼氏らしき人物の影がちらつけば、当然の反応だと思うよ」

「び、美少女なんて……そんなことはないですよ……」

俺の言葉を部分的に切り取り、シャーロットさんが顔を赤くしてモジモジとする。

それにより、周りから嫉妬の視線が強くなったのを感じた。

わかっていたことではあるけれど、彼女と公に付き合うのは、生半可な覚悟じゃ駄目なようだ。

「――あはは、朝から大胆なことをしてるね、二人とも」

まるで牽制するかのように、生徒たちが俺たちと一定の距離を保っていると、その中から明るくて元気な声が聞こえてきた。

見れば、人懐っこい笑みを浮かべるギャル――清水さんが、俺たちに近付いてきている。

「あっ、清水さん、おはようございます」

「おはよう、シャーロットさん。青柳君も、おはよう」

「あぁ、おはよう」

普段は滅多に俺に話しかけないのに、シャーロットさんがいることで友好的な態度を取ってきたようだ。

相変わらず腹の底は見えないけれど、彼女に何かしない限りはとやかく言うつもりはない。

「もう隠すのはやめたの？」

「はい、堂々とお付き合いすることにしました」

「うんうん、そっちのほうが絶対にいいよ」

清水さんは、俺たちのことを笑顔で肯定してくれる。

俺はその態度に違和感を覚えた。

本来の清水さんなら、揉め事になるとしか思えないこの状況を、良くは思わないはずだ。

それこそ、学校の雰囲気が悪くなるのだから。

それなのに、この様子――もしかして、周りに話すようにシャーロットさんを唆したのは、彼女なのだろうか？

「あっ、別に私がみんなに言ったほうがいいって言ったわけじゃないから、勘違いしないようにね」

敏感に俺の雰囲気が変わったことを感じ取ったのか、それとも俺の思考を読んだのかは知らないが、俺が口を開く前に清水さんが否定してきた。

相変わらず、気が抜けない子だ。

「シャーロットさんが望んでいたことだから、たとえ清水さんが唆したりしていても、気にしないよ」

「あはは、そっかそっか。まぁ、本当に違うけどね。ね、シャーロットさん？」

「は、はい、そうですね。清水さんにこういった相談はしていませんので」

清水さんが笑顔で話を振ってくると、シャーロットさんは若干戸惑いつつも、同じように笑顔で頷いた。

本当に清水さんは関係なかったようだ。

「本当は、このまま二人だけにしてあげたほうがいいんだろうけど、それは明日以降でもできるからごめんね。それよりも青柳君、何か対策はあるの？」

清水さんは笑顔で謝ってきた後、真剣な表情を俺に向けてきた。

いったい何に対してなのか——それを聞き返すのは、愚問だろう。

シャーロットさんの一件で学校の男子たちが騒ぐことに対して、何か策はあるのか俺に聞いてきているのだ。

多分、彼女がこのタイミングで近付いてきたのも、それが聞きたかったからだろう。

そうでなければ、わざわざ俺がいる時に近付いてこなくても、教室などでシャーロットさんが一人になっているタイミングで話しかければいいのだからな。

「いろいろと考えてはいるけど、今のところこれといってはないね。実際の雰囲気とか状況もまだ正確にはわからない」

「それもそっか。まぁ、簡単なことじゃないとは思うけど、胸を張っておきなよ」

「うん、ありがとう」

彼女が言っていることはわかる。

周りからいろいろと言われた時、傷ついたり気圧されたりしていれば、相手を調子づかせてしまう。

それよりも、堂々としていたほうが下手に敵を増やさないし、シャーロットさんを不安にさせずに済む。

やはりシャーロットさんが関わる以上、清水さんは俺の味方をしてくれると思って良さそうだ。

「それじゃあシャーロットさん、私先に行くね」

「えっ、一緒に行かないのですか？」

「そんな野暮なことはしないよ。まぁ、今更かもしれないけどね。それじゃあ、また後で」

清水さんは笑顔で手を振り、去っていく。

今のやりとりだけを見ていれば、凄くいい子ではあるのだけど……。

「行ってしまわれました……。清水さんと話していたこと、いったいなんのことだったのでしょうか？」

シャーロットさんは残念そうにした後、小首を傾げながら俺に聞いてきた。

この子は自分がモテているという自覚はあっても、異常にモテているという自覚はない。

だから、今のやりとりでピンとこなかったのだろう。

「些細なことだよ。それよりも、俺たちも行こっか」

説明するのは簡単だが、俺と一緒にいたいと願ったことを後悔させたくはない。

当然周りの様子を見ていても、このまま何事もなく終わるということはありえないだろうけど——まだ何も起きてない状況で、余計な心配はかけたくなかった。

「明人君、清水さんと通じ合っているんですか……？」

しかし、誤魔化したのが良くなかったようで、シャーロットさんは小さく頬を膨らませて俺にジト目を向けてきた。

どうやら拗ねてしまったらしい。

というより、これもヤキモチを焼いているのだろう。

「やましいことがあるわけじゃないから、拗ねないで」

「拗ねてませんもん……。それに、明人君と清水さんがやましいことをするとも思っていません」

口調からは拗ねていることがありありと伝わってくるのだけど、彼女は認めるつもりはないらしい。

こうしてみると、結構子供っぽいところがある。

だけど、それも彼女の魅力だろう。

「ありがとう、それじゃあ行こっか」

「はい……」

シャーロットさんは頷くと、シレッと左手で指を絡めてきた。

右手で俺の腕に抱き着きながら、左手では手を繋ぐことにしたらしい。

なんていじらしい彼女なんだろう――と胸が熱くなりながら、俺は登校した。

そして、教室に入ると――。

「シャーロットさん⁉　青柳と付き合い始めたって本当なの⁉」

「嘘だよな、絶対何かの間違いだよな⁉」

「シャーロットさん、そこのところどうなの⁉」

既にSNSやチャットを通じて、生徒たちに情報が共有されていたようだ。

俺たちが登校するところを見ていなかった生徒たちでさえ、俺たちの関係を知ってしまっているらしい。

おかげで、男女問わず包囲されてしまった。

見れば、男子に限っては一年生や三年生らしき生徒もいるようだ。

「み、皆さん、落ち着いてください……！」

シャーロットさんは慌てながらも、周りを落ち着かせようと声を張る。

しかし生徒たちの勢いは止まらず、次々と質問は投げられていた。

中には俺に聞いてきている生徒もいるようだけど、生憎質問が飛び交っているので聞き取れない。

「あ、あの、本当に皆さん、少し落ち着いてください……！」

「落ち着けって言ったって、説明をしてくれよ！」

「なんで青柳なんかにくっついてるんだよ!?」

シャーロットさんに彼氏ができたことが納得いかないのか、それとも相手が俺だから納得いかないのかは知らないが、興奮した男子たちがシャーロットさんに更に詰め寄り始めた。

だから、俺はシャーロットさんのことを抱き寄せる。

「あ、明人君……」

「みんなが言いたいことはわかるし、納得いかない気持ちもわかる。だけど、冷静にならないと聞きたいことも聞けないよ？」

俺は、顔や態度にイラつきを出さないようにしつつ、努めて優しい声を意識して説得にかかる。

しかし、シャーロットさんの声さえ届かなかった相手に対して、俺なんかの声が届くはずもなかった。

「うるせぇよ、お前なんかに話してねぇんだよ！」

「この前体育祭でちょっと活躍したからって、調子に乗んなよ！」

「陰キャは黙って勉強してろ！」

俺が口を挟んだからか、教室内で飛び交う言葉は、シャーロットさんへの質問から俺への罵倒に変わった。

このまま俺に誘導してシャーロットさんを逃がしたいところではあるが、教室の外に出ても新たな生徒たちに囲まれてしまうだけだろう。

何より、俺への罵倒に変わった途端、シャーロットさんの機嫌が悪くなったのが傍にいた俺にはわかった。

怒りを表情で露わにしているわけではない。雰囲気が、明らかにいつもの優しい感じとは違うのだ。

「皆さ――」

「――はいはい、みんな落ち着きなって！」

シャーロットさんが何か言おうとした時、俺とシャーロットさんの前に立つようにして、清水さんが体を割り込ませた。

そして、その隣には彰が立つ。

「二人の関係なんて、見ればすぐわかるだろ！　ここで問い詰めて何になるんだよ!?　お前ら今、すげえだせぇことしてるぞ！」

「い、いや、でも西園寺……」

彰は今まで滅多に怒ったことがない。

そんな彰が見せた、怒りの表情。

それにより、男子たちは怯んだようだ。

「ほんとほんと、みんなダサいよ？　そもそもさ、今までシャーロットさんに告白をした男子ってどれだけいるの？　告白する勇気もなかったくせに、シャーロットさんに彼氏ができたからって文句を言うのは、筋違いにもほどがあるんじゃない？」

おそらく、清水さんも怒っているのだろう。

普段の彼女なら絶対にしない、煽るような態度で蔑むように男子たちを見ている。

それにより、更に男子たちは一歩後ずさる。

そして、男子に混ざっていた女子たちは、何事もなかったかのようにコソコソと自分たちの席に戻った。

清水さんを敵に回したくないという気持ちが、女子たちの行動によって伝わってくる。

「も、文句を言ってるんじゃなくて、青柳との関係を聞いているだけで……！」

「そ、そうだよ！　シャーロットさんが青柳と話すところなんてほとんど見たことがないんだから、付き合ってると言われたって納得いかないだろ……！」

「だから何？　シャーロットさんが青柳君を選んだことに対して、家族でもないあんたらが文句を言うの？　シャーロットさんが誰を選ぼうと、それは彼女の勝手でしょうが」

「それに明人のことをよく知りもしねぇくせに、好き放題言ってたよな!?　お前ら、勉強でも運動でも明人に勝てないくせに、自分のほうが上だと思っているのか!?」

あっ、これはまずい。

清水さんはともかく、彰のほうは完全に冷静さを欠いている。

ここまでキレる彰は、久しぶりに見た。

「──お前ら、何騒いでるんだ?」

彰を止めないといけない。

そう思った時、呆れたような声が教室内に響いた。

決して大きな声で発せられた言葉ではないのに、不思議な威圧を感じてしまう。

見れば、俺たちの背後──教室の入口に、美優先生が立っていた。

「うちのクラスじゃない奴等もいるな? もうチャイムが鳴るぞ、自分の教室に戻れ」

有無を言わせない美優先生の雰囲気により、他のクラスの生徒たちは蜘蛛の子を散らすように教室を出ていく。

廊下にいた生徒たちも、さっさと自分たちの教室に戻ったようだ。

そして俺たちのクラスメイトは、皆静かに席へと着いた。

「さて、随分と楽しそうなことをしていたようだな、お前たち?」

美優先生は椅子に座ると、教壇に肘をつきながら教室内を見回す。

心当たりがある生徒たちはダラダラと汗を流しながら、背筋を伸ばして美優先生の次の言葉を待った。

「まぁ、だいたいは把握している。おい、青柳」

「はい」

美優先生に呼ばれ、俺は席を立つ。

「学生の恋愛についてとやかく言うつもりはない。だが、問題を起こすのは良くないというのはわかるな？」

美優先生は、俺に対して怒っているわけではない。

むしろ俺のことを心配してくれているのだろう。

特別推薦を取るには、たった一つでさえ問題を起こすわけにはいかない。

今回の一件、このまま広がり続けるのであれば、俺の内申に響きかねないと思ったほうが良さそうだ。

「問題を起こすつもりはありません」

「そうか……まぁ、私もお前が問題を起こすとは思っていないし、今回の一件もお前のせいだとは思っていない。問題を起こしたのは――なぁ？」

美優先生は俺から視線を外し、試すかのような目でクラスメイトたちに視線を向ける。

その目には、《言わなくてもわかってるよな、お前ら？》という意味が込められているようだった。

「一応言っておくが、来年には受験を控えている。馬鹿なことをして、内申を下げるようなことはするなよ？　見逃すのは、一回きりだ」

美優先生はそう言うと、俺に座るよう促して、何事もなかったかのように点呼を始めた。

さすがの美優先生でも、大多数の生徒が関わり、現状悪さをしている生徒がいない以上は、脅しをかけるので精一杯なのだろう。

その中でも、俺の味方だという態度を示してくれたのはありがたい。

美優先生を敵に回したくない生徒は多いのだから、それだけでも抑止力になるだろう。

◆

次の休み時間――。

「私のせいで、凄い騒ぎになってしまいました……。ごめんなさい、明人君……！」

先生がいなくなるなり、すぐにシャーロットさんが俺の席に来て頭を下げてきた。

それにより、クラスメイトたちの視線が俺たちに集まる。

「シャーロットさんのせいじゃないよ。だから、気にしないで」

「私がよく考えもせず、自分の気持ちを優先したことでこんなことになりましたので……。ちゃんと、明人君のことを考えていれば……！」

シャーロットさんは何も悪くないのに、優しい彼女はどうしても気にしてしまうのだろう。

わかっていたとはいえ、傷つく彼女は見たくない。

「気にしなくていいんだ。こうなるとわかっていたのに止めなかったのは俺だし、シャーロットさんが素直に自分の想いを言ってくれたほうが嬉しいからね。だから、本当に気にしないでほしい」

「明人君……」

俺の言葉がちゃんと届いているのか、シャーロットさんは少し嬉しそうにしてくれた。

だけど、目には涙が溜まっているし、深く傷ついているのは間違いない。

「そうそう、シャーロットさんは何も悪くないよ。悪いのは、意中の相手に彼氏ができたからって騒いだ、馬鹿な男子たちなんだから」

他の生徒たちと同じように聞き耳を立てていたのだろう。

清水さんが話に入ってきた。

笑顔ではあるのだけど、発言的にまだ怒っているようだ。

「清水さん……ありがとうございます……」

「お礼を言われることでもないけどね。それよりも、このクラスの女子はみんな、シャーロットさんと青柳君の味方だからね？　もうクラス内では男子の好きにさせないよ」

清水さんがそう言うと、クラスメイトの女子はみんな《うんうん》と頷（うなず）いた。

俺たちが教室に来た時には、問い詰める男子たちに混ざって質問をしていたはずだが……。

「凄いな、もう統率したのか」

「あはは、元々女子たちはシャーロットさんの味方だしね。それに、青柳君のさっきの発言もあるよ」

「えっ？」

「シャーロットさんが青柳君を選んだ理由、女子はみんなわかったってことだよ。だからこそ二人を応援するの」

清水さんが言っていることはよくわからないが、クラス内だけでも女子が味方に付いてくれるのはありがたい。

これなら、俺がいない時でもシャーロットさんは守ってもらえるだろう。

「皆さん、ありがとうございます……」

女子たちの気持ちが嬉しかったのだろう。

シャーロットさんは涙をハンカチで拭った後、深々と頭を下げた。

こういう素直な子だからこそ、みんなから愛されるのだ。

「だから、お礼を言われることじゃないよ。友達なら当然のことでしょ？　それに、シャーロットさんが決めたことなのに、外野が文句言うなって感じだし」

清水さんは優しく笑った後、蔑むような目を男子たちに向ける。

温度差が凄いなぁと思うが、どうしてシャーロットさんが清水さんを特別扱いしているのかよくわかった。

こういう態度をシャーロットさんに取り続けているなら、信頼を置くのが当たり前だ。

だから俺も、考え方を変える。

「本当に助かるよ、ありがとう。それで、ちょっと話がしたいんだけどいいかな？」

「えっ、私？」

俺が話したいというと、清水さんは意外そうな表情を浮かべる。

今までの関係を踏まえると、こういう反応になるのも仕方がないのだが。

「そう、清水さんと話したいんだ。もちろん、シャーロットさんも交えてね。それと――」

俺は彰に視線を向ける。

すると、こっちを見ていた彰とバッチリ目が合ったのだけど、彰は気まずそうに目を逸らした。

言葉にしなくても、俺が言いたいことはわかっているようだ。

「場所、移そうか」

休みなのであまり時間は取れないけれど、少し相談しておきたいことがある。

だから俺はシャーロットさんと清水さん、そして彰を連れて教室を出た。

「――それで、話って？」

人気のない場所に移動すると、早速清水さんが聞いてきた。

「まぁ察しはついてるだろうけど、俺とシャーロットさんのことで学校が騒ぎになってる件についてだね」

俺がそう言うと、シャーロットさんが申し訳なさそうに身を縮める。

何も悪くないのに、肩身が狭そうにしているのは可哀想だ。

「シャーロットさんが気にすることはないよ。それよりも青柳君、どうするつもりなの？」

「これといって手はまだ思い浮かばないよ。だけど、なるべく俺はシャーロットさんから離れないようにするつもりなんだ」

「まぁ、それがいいよね。シャーロットさん一人でいたら、それこそ男子たちが寄ってたかってくるだろうし」

俺も清水さんと同じ考えだ。

シャーロットさんが優しいことは周知されているため、彼女一人なら遠慮なく男子たちが問い詰めに来るだろう。

それを避ける意味と、もし来たとしても守れるように、俺は彼女から離れるつもりがない。

「だけど、学校にいる間、一時も離れないってのは現実的じゃない。だから、清水さんも彰も目を光らせていてくれないかな？」

この二人が目を光らせてくれているだけで、シャーロットさんに安易に近付けなくなるだろう。

「もちろん、いいよ」

「あぁ、俺もいいけど……」

清水さんは快諾し、彰は何か思うところがあるような表情を浮かべる。

「何か他に気になることがあるのか？」

「そりゃあ……」

彰はチラッとシャーロットさんを見る。

これは、彼女に関わることなのか、それとも彼女がいると話しづらいという意味なのか、どっちなのだろうか？

「今は懸念事項を一つでも洗い出しておきたい。何かあるなら遠慮なく言ってくれ」

「まぁ……シャーロットさんのほうは俺たちが目を光らせておくとして、明人のほうはどうするんだ？　あいつら、明人に危害を加えかねない雰囲気だったぞ？」

彰が気にするのはもっともだろう。

今回の一件で一番怒りを集めているのは、ろくに関わってなかったのに、突然シャーロットさんを奪った、俺なのだからな。

皆、内心怒り狂っているかもしれない。

「明人君……」

「大丈夫だよ。ここは不良学校じゃなく、普通の進学校だからね。多少のヤンチャをする奴はいたとしても、本気で危害を加える度胸がある人間はいないよ」

それこそ、殴り合いの喧嘩なんてすれば一発停学の学校だ。

より酷ければ、退学さえありえる。

そんなリスクを冒してまで喧嘩を売ってくる奴は、この学校にいないだろう。

「俺のほうに何かあったとしても、うまく切り抜けるから心配は無用だよ。だから彰も、過剰に反応はしなくていい」

「でもあいつら、明人のことをよく知らないのにいろいろと侮辱して……！」

「俺がそう思わせるようなことを今までしてたんだから、仕方ないよ。いわばこれは、身から出た錆だ。そこを怒るのはお門違いだし、彰にはプロサッカー選手っていう未来があるだろ？暴言を吐いたりしてるところを録音されて、プロになってから流されても困る。だから、喧嘩腰にはならないでくれ」

彰と本当に話したかったのは、こちらの内容だ。

俺のために怒ってくれるのは嬉しいが、そのせいで彰に迷惑をかけたくない。

お調子者だけど、あまりキレたりしない奴だったから油断をしていたが、あぁも熱くなるようなら関わらせないほうがいいとも思ってしまう。

「うっ……熱くなったのは悪かったと思うけど……」

「別に責めてるわけじゃない。庇ってくれたのは嬉しかったしな。だけど、俺のために自分が困るようなことはしないでくれ」

「……なんでお前は、いつもいつも……」

彰は納得いかない表情で俺のことを見てくる。

言いたいことはわかるけれど、こればかりは呑み込んでもらうしかない。

「まぁとりあえず、さっきも言った通りクラスの女子たちはシャーロットさんの味方だから、他の男子たちに好きにはさせないよ」

「凄く助かるよ。放っておけば下火になる可能性もあるから、一旦様子見をする方向でお願いしたいんだ」

「下手に行動するよりは――かぁ。まぁ、青柳君がそう言うなら、それでいいんじゃない？」

どうやら清水さんは、今回の一件、俺の好きなようにさせてくれるようだ。

「ありがとう。彰もシャーロットさんも、それでいいかな？」

「明人がそう言うなら、仕方ないだろ……」

「私も、明人君のお考えなら賛成です」

とりあえず、満場一致ということで俺たちは様子見をすることになった。

彰は少し不満そうだったけれど、同意した以上は自分から何か行動を起こすことはしないはずだ。

四人で集まったのは、そういった彰や清水さんの行動を封じたかったこともある。相手が感情で動く集団である以上、下手に動けば事態を悪化させかねないからだ。様子を見つつ、策を考えるのが今できるベストだろう。

「…………」

話が終わったので教室に戻ろうと足を翻すと、何やら見覚えのある子が慌てて廊下の陰に隠れた。

どうやら、ついてきていたらしい。

「あの子、何してるの……?」

「さぁ……?」

清水さんと彰も見えていたらしく、怪訝そうに首を傾げる。

そんな二人を横目に、俺は廊下の曲がり角に近付いた。

「東雲さん、怒らないから出ておいで」

声をかけると、ソーッと華凛が曲がり角から顔を出した。

「気付いてた……?」

「今気が付いたってところかな。何か話したいことがあった?」

「話したいことというか……青柳君とシャーロットさん、大丈夫かなって……」

どうやら、俺たちのことを心配してついてきていたらしい。

気弱でおとなしい子ではあるけれど、優しくて他人思いな子でもあるのだろう。

「大丈夫だよ、心配かけてごめんね」

「んっ……大丈夫ならよかった」

華凜は両目を前髪で隠しているのでわかりづらいけど、口元が緩んだので笑みを浮かべたようだ。

「…………」

そんなやりとりをしていると、後ろから変なプレッシャーを感じた。

ふと後ろを振り返れば、清水さんが物言いたげな目で俺のことを見ている。

そういえば、彼女は俺と華凜が仲良くしていることを良く思っていないんだった。

仕方がない。

ちょうど彰もいることだし、これもいい機会なのだろう。

「華凜、あのこと、話してもいいかな?」

「あのこと?」

ピンッとこないのだろう。

華凜はかわいらしく小首を傾げてしまった。

「この前メッセージで送っていたことだよ。俺たちの関係のこと」

「あっ、んっ……大丈夫」

俺が言いたいことがわかったようで、華凜はコクコクと一生懸命頷いた。

だから俺は、彰と清水さんに向き直る。

「前から気になってたんだけど、二人って随分仲がいいよね？　青柳君には既にシャーロットさんがいるっていうのに」

先手を打ったつもりなのだろう。

俺が言葉を発するよりも早く、清水さんが試すような目を俺たちに向けてきながら、そう質問をしてきた。

さすがに本気で俺と東雲さんの関係を疑っているとは思わないが、それでもハッキリとさせておきたいだろう。

こちらも、今新たな火種を作るつもりはないので、さっさと誤解を解いておきたい。

「そのことについて、清水さんと彰に話しておきたいことがあるんだ」

「えっ、俺も？」

「あぁ、そうだよ。実はな――俺と東雲さんは、血の繋がった実の兄妹なんだ」

「「…………はい？」」

彰はともかく、普段察しがいい清水さんも、数秒間を置いて首を傾げた。

何言ってんだ、こいつ。

そう思っているのがありありと伝わってくる。

「兄妹なんだよ。信じられないとは思うけど」

だから俺は、念を押すようにもう一度同じことを言った。

すると――。

「「ええええええ!?」」

二人は、大声をあげて驚いてしまうのだった。

◆

「――やはり、まだ注目されていますね……」

昼休み、隣を歩いているシャーロットさんが周りをキョロキョロと見ながら、俺に声をかけてきた。

現在は、彰と華凜も連れて食堂に向かっている最中だ。

「…………」

いつものメンバーにシャーロットさんを加えた形になるが、彰は今、チラチラと俺や華凜を見ている。

話した時の休み時間は残り少なかったので詳しくは話せなかったし、それ以降は周りに人がいて話すタイミングを失った。

そのせいで、気になっているのだろう。

こちらは、またタイミングを見て話さなければならない。

「気にしないほうがいいよ」

俺はシャーロットさんにそう声をかける。

こういうのは気にしたら負けだ。

気にしているほうが、外野を調子に乗らせてしまうからな。

普段視線を集め慣れているシャーロットさんのほうがその辺はわかっているのだろうけど、ここまでくるとさすがに気になるのだろう。

「…………」

華凜は華凜で、視線に慣れてないから普段以上に俺との距離が近い。

服を掴んできていないのは、よく我慢してくれていると思う。

ここで華凜が俺の服を掴んで歩いてたりなんてしたら、周りが面白おかしく噂を立てるのは目に見ていた。

……いや、既に立てられているかもしれないが。

「無理して俺たちと行動する必要はないよ？」

今注目されているのは、俺とシャーロットさんだ。

だから俺たちと行動しなければ、華凜は大丈夫だろう。

他人の視線が苦手なのだし、ここは別々に行動するのが華凜のためだと思ったけど――。

「んっ、大丈夫……。青柳君たちがいるし……」

どうやら、華凜は離れるつもりはないらしい。

気弱なはずなのに、変なところで強い子だ。

誰に似たんだか。

「まぁ何かあれば、俺と明人で守るしな」

「んっ、ありがとう……」

彰が笑顔で言うと、華凜はコクリと頷いて応えた。

目を見ようとはしないのでまだ距離はあるけれど、この二人の距離は以前に比べて若干縮んでもいる。

体育祭の練習をしていた時は避けていたのだから、十分な進歩だろう。

「何も起きないのが一番なんだけどな。とりあえずシャーロットさんも東雲さんも、何かあったら遠慮なく俺たちに言ってほしい。二人に何かあったほうが嫌だからね」

そう言うと、シャーロットさんと華凜は頷いてくれた。

華凜は然程心配していないけれど、シャーロットさんのほうは心配だ。

彼女の場合、何かあったら俺に迷惑をかけないよう、自分で抱えてしまいそうな気がする。

優しくて我慢強い子であるからこそ、不安なのだ。

だから俺は、学校にいる間彼女からなるべく目を離したくない。

その後、俺と彰は食券を買うために列に並んだのだけど、シャーロットさんと華凜は俺たちから離れなかった。

普段なら華凜には席を取っておいてもらうのだけど、今はこれでいいのだ。

こうやって凌いでいき、この一件が落ち着くのを待つしかないだろう。

しかし——問題が起きたのは、翌日の昼休みだった。

◆

「随分と楽しそうですね、明人先輩？」

なるべく周りの視線を気にしないようにしながら、談笑と食事をしていた昼休み。

声をかけてきたのは、華凜より若干小さい、小柄な黒髪ツインテールの女の子だった。

童顔でとてもかわいらしい顔つきをしているのだけど、なぜか意地の悪い笑みを浮かべている。

まるで、俺のことを馬鹿にしているかのような笑顔だ。

「お前、どうしてここに……!?」

そう声を発したのは、俺ではなく彰だった。

俺と彰は、この子のことを知っている。

それも、かなり詳しくだ。

「西園寺先輩に、そんな邪険にされることをしたつもりはありませんが？」

童顔美少女——香坂楓は、ニコッと笑みを浮かべて首を傾げる。

見た目は笑顔だけど、心の中は笑っていないというのが伝わってきた。

「あの、明人君と西園寺君のお知り合いでしょうか……？」

状況を呑み込めないシャーロットさんが、戸惑いながら視線を俺に向けてくる。

さすがに、この状況で知らないふりはできないよな……。

「俺たちの中学時代の後輩だよ」

「えっ……」

「はい、サッカー部マネージャーをしていました、香坂楓です。よろしくお願いしますね、べネット先輩」

戸惑うシャーロットさんに対して、香坂さんは笑顔で自己紹介をした。

相変わらず、肝が据わっているようだ。

「驚いたよ、君がうちの学校の生徒だったなんて」

「ふふ、そうですか。体育祭もしっかり出ていたんですけどねぇ？　西園寺先輩はともかく、まさか明人先輩にも気付かれていないとは思いませんでしたよ」

そう言われ、彰はバツが悪そうに視線を逸らす。

俺も、彼女の存在には気が付いていなかった。

出番がなかった時は、膝の上にいたエマちゃんに気を取られていたし、他にもシャーロットさんや華凜に気を取られていたので、あまり見ていなかったのだ。

まさかそのせいで、こんなことになるとは……。

「体育祭の時はともかく、今まで俺たちが気付けなかったってことは、目立たないよう身を潜めていたんだな？」

「そう決めつけるのは早計じゃないでしょうか？　いくらうちの学校の生徒数が少ないとはいえ、鉢合わせしないことは十分考えられると思いますよ？　ほら私、人と話すのは苦手で、あまりクラスから出ませんし、いつもお弁当ですからね」

彰の質問に対して、香坂さんは笑顔を絶やさずに答える。

いったいどの口が言っているのだろうか。

彼女をよく知らない人間なら、今の彼女を見て他人と話すのが苦手とは思わないだろう。

何より、教室でおとなしく座っているタイプではない。

俺たちと会わないように、あまり教室を出なかったというのが正しいところだろうな。

「そんな香坂が今、どうして俺たちに――いや、明人に近付いてきたんだ？」

「言わないとわかりませんか？」

香坂さんは笑顔のまま、かわいらしく小首を傾げる。

だけど、チラッと俺に向けてきた目は笑っていなかった。

その瞳には、とても冷たい印象を抱く。

「明人先輩、今随分と幸せそうですね？　もう、中学時代のことは忘れてしまったのでしょうか？」

聞き心地のいい声のはずなのに、妙なプレッシャーを感じてしまう。

今笑顔で聞いてきている彼女は、心の中で怒っているのだ。

「おい、その話はもう終わって――！」

「私にとっては終わっていません。それに、私は西園寺先輩に聞いているんじゃなく、明人先輩に聞いているんです。高校で彼女を作って楽しんでいるということは、先輩はもう、中学時代のことはなんとも思っていないんですか？」

静かに――しかし、しっかりと圧を込めて香坂さんは俺に聞いてきた。

彰が納得いかない表情をするけれど、香坂さんが言いたいこともわかる。

俺は中学時代の罪に関して、部員であった彼女たちに何も償いができていない。

その償いをさせるために、彼女がわざわざ追いかけてこの学校に入学してきたとしても、不思議ではないだろう。

「お前、明人が今までどんな気持ちで――！」

「彰、いいよ。香坂さんは何も悪くないんだ。怒鳴るのは可哀想だよ」

彼女は決して加害者ではなく、被害者だ。

ここで過去のことを持ち出されたからといって、文句なんて言えるはずがない。

「中学時代にしたことを忘れた日なんて、一日もないよ。香坂さんたちには悪いことをしたと思っているんだ」

「……私たちに悪いことをした、ですか。その言葉だけで終わらされるほど、先輩にとって私たちはどうでもよかったんですね？」

「そんなことはない――と答えて、君は信じてくれるの？」

「無理ですね。あの日、先輩が私を――私たちのことを信頼していなかったんだってことが、痛いほどわかりましたので。今更何を言われようと、聞く耳なんて持てませんよ」

香坂さんは未だに笑顔を保っているけれど、先程までとは違い、今はうまく笑えていない。

頰が引きつっており、彼女の怒り具合を露わにしているように思えた。

「そっか……それじゃあごめんね。俺は謝ることしかできない。もちろん、何かしらの償いはするつもりでいるけど――」

「もう、いいです……。先輩は、いつもそうだ」

なるべく穏便に済ませようとしていると、香坂さんは俺の言葉を遮った。

その表情には涙が浮かんでおり、諦めのような表情が窺える。

「香坂さん……」

「失礼しました、どうぞ私たちのことは忘れて、お幸せになってください」

彼女はそう言うと、頭を下げて食堂を出ていった。

いつもお弁当と言っていたため、食堂に来た目的は食事ではなく俺だったのだろう。

「なんなんだよ、あいつ……」

香坂さんがいなくなった出入り口を見ながら彰がボソッと呟くが、彼女は何も悪くない。

「彰、香坂さんのことを悪く言うな」

「だってあいつは、中学の時にお前を酷く責めた奴等の一人で――」

「それだけのことを俺はしたんだ。彼女の期待や想いを裏切った報いだよ」

それに、彰は今しがた一括りにしたけれど、香坂さんが俺のところに来る時は決まって一人だった。

彼女は彼女なりに思いがあって、行動していたのだろう。

「明人君……」

香坂さんがいなくなったからだろう。

今まで黙っていたシャーロットさんが、不安そうに俺の顔を見てきた。

「ごめんね、不安にさせて。大丈夫だから、安心して」

こんな言葉で彼女がどれだけ安心するかはわからない。

だけど、今の俺にはそう言うことしかできなかった。

周りを見れば、俺たちを遠巻きに見ながらざわついている。

先程の香坂さんとのやりとりで余計に注目された――とは言わないが、新たな火種を生んだのは確かだろう。

今の一年生は俺の過去を知らない子たちが多いはずだが、中学時代サッカー部の人間は俺のことを知っている可能性が高い。

今回の件で、あの件が広まるのも時間の問題だ。

「……とりあえず、食べようか。これからのことは、それから考えよう」

このまま呆然と眺めていても仕方がないので、俺はシャーロットさんたちに声をかけて食事に戻ることにした。

――本当に、過去は切り離せないものだな。

第四章　「彼女の隣に立つために」

それからどうなったかというと、案の定俺の過去が噂で流れるようになった。

二年生と三年生には美優先生が口止めをしていたはずだが、一年生が流し始めた噂が広まると、タガが外れたかのように二、三年生たちも流し始めたようだ。

おかげで俺をよく知らない生徒たちからは敵視され、俺なんかにシャーロットさんを任せてもいいのかという声が上がっているらしい。

こうなってくれれば、静観していても下火にならないだろう。

むしろ、大義名分を掲げて、俺に仕掛けてくることさえ考えられた。

今の俺は一学生ではなく、《最低最悪の裏切り者》なのだから。


「――明人君、大丈夫ですか……？」

エマちゃんを寝かしつけた後、いつも通り優しく抱きしめていると、シャーロットさんが不安そうに俺の顔を見上げてきた。

噂は既に学校中に広がっている。

当然、彼女の耳にも入っているだろう。

「大丈夫だよ、心配をかけてごめんね」

俺は、彼女の頭を優しく撫でて謝った。

本当なら、付き合ったばかりで今が一番楽しい時期だろうに、シャーロットさんに余計な心配ばかりかけている。

彼女と付き合い始めたことだって、俺が誰からでも憧れられる立派な男であれば、納得する生徒たちも多かっただろう。

嫌われ者が彼女とくっついてしまったからこそ、余計悪目立ちしたところはあるのだ。

「明人君が謝らないといけないことは、何もありませんよ。それよりも……ご無理、なさらないでくださいね……？」

シャーロットさんは優しく俺の頬に手を添えてくる。

ひんやりとした手は、とても気持ちがよかった。

「ありがとう。シャーロットさんがいてくれるから、大丈夫なんだよ」

実際、彼女がいることで俺の精神は保たれている。

大切な人が傍にいるからこそ、守りたくて気力が湧いてくるのだ。

俺一人だったら、何もかもどうでもよくなっていたかもしれない。

「私がいることで……。それなら……」

俺の言葉をどう捉えたのか、シャーロットさんは腕の中で考え始める。

そして結論は出たのか、体勢を変えてギュッと俺に抱き着いてきた。

「あ、あの……その……」

言いづらいことなのか、彼女は言葉を選んでいるようだ。

それに、布越しに感じる彼女の体温が、みるみるうちに熱くなっていることも気になる。

いったい、何を言おうとしているのだろう？

「えっと……明人君が元気になるのでしたら……私のことを、好きに使って頂いて大丈夫ですよ……？」

「――っ!?　えっ、それって……!?」

「覚悟は、とっくにできています……。私は、明人君とずっと一緒にいたいので……明人君なら、大丈夫です……」

それはつまり、そういうことだろう。

純粋ではあるけれど、意外と知識豊富な彼女のことだ。

自分がどういう意味の発言をしているのか、しっかりと理解している。

その上で、俺になら体を許してくれると言っているのだ。

正直、男としてはここまで言われたのなら、誘いに乗りたい。

だけど――彼女が言っているのは、慰めに自分を使えということだ。

さすがに、ここで甘えるのは男としてどうかと思う。

「ありがとう、シャーロットさん。そこまで言ってくれて嬉しいよ」

「明人君……」

「だけど、大丈夫だから。君がそこまでする必要はないし、俺はちゃんと解決するから、安心して見ててほしい」

「……そうですか」

笑顔で伝えると、シャーロットさんは小さく頷いた。

若干間があったことは気になるけれど、信じてくれてはいるだろう。

これ以上彼女に不安を抱かせないよう、明日美優先生に相談してみようと思うのだった。

『――手、出してくださらないのですか……』

◆

「――あぁ、正直私も頭を悩ませているよ。ほんと、あれを片付ければこれが出てくるという感じで、問題が絶えないな」

翌日の放課後、美優先生のもとを訪れると、彼女も頭が痛そうにしていた。

俺のことで悩ませて申し訳ないと思う。

ちなみに、今回は長くなるかもしれないので、シャーロットさんにはエマちゃんを迎えに行ってもらった。

清水(しみず)さんをはじめとしたクラスの女子たちが彼女を家まで送ってくれるとのことで、そちらは大丈夫だろう。

本当に、みんなに好かれている子は強い。

「なんか、最近迷惑ばかりかけてすみません……」

「そこは気にするな。生徒が困っているなら助けるのが私の役目だ。むしろ前も言ったが、こうして相談してくれるのは嬉しいからな」

美優先生はそう言って、優しい笑顔を見せてくれる。

彼女のような先生ばかりなら、きっと世の中はもっと平和だったんじゃないだろうか。

そう思うくらいに、素敵な先生なのだ。

「ありがとうございます」

「私は仕事をしているだけだから、お礼を言われる筋合いはないけどな。それはそうと、シャーロットには中学時代のことを話したのか？」

やはり美優先生も噂のことが気になっているようだ。

噂でしか知らない生徒たちとは違い、彼女は本当のことを全て知っている。

だから余計に、シャーロットさんに話しているかどうかが気になるのだろう。

「いえ……もう噂で耳にはしているでしょうし、これ以上彼女に余計な心配をかけたくないので……」

「噂で知るよりも、本人から直接話してもらいたいと思うぞ？　それに、噂で知れるのは極一部の事実であって、全てじゃない。その部分しか知らないか、全てを知っているかでは今回の一件、かなり印象が変わるぞ？」

「ですが――シャーロットさんに全てを話すと……更に不安にさせてしまうと思います……」

俺が彼女に話さないのもそれが理由だ。

全てを知っても、彼女が俺を見限ったり、嫌ったりすることはないと思う。

だけど、不安にはさせる。

俺のことで彼女を不安にさせるなんて、絶対に嫌なのだ。

「お前の家庭事情の件については……正直、話したくないという気持ちはわかる。かなり変わった父親だしな。ぶっちゃけ、私は嫌いだ」

「それはぶっちゃけすぎでは……？」

生徒に正面切って《お前の保護者は嫌いだ》と言うなんて、普通なら大問題の発言だ。

「お前だから言ってるんだよ。私だって、いろいろと思うことはあるんだ」

「まぁ他言はしませんけど……。というか、会ったことありましたっけ？」

三者面談や家庭訪問では、別の人間が対応しているはずだが……。

「他言されたところで、私は知らないと白を切るがな」

会ったことがあるかどうかについては、無視か……。

まぁ知っているということは、俺が知らないだけで会ったことはあるのだろう。

「悪い先生ですね」

「あぁ、私のこういうところは見習ったほうが、社会に出てから苦労しないぞ？」

そんな冗談を俺たちは笑いながら言い合う。

冗談でも言っておかないと、今の状況はとてもやっていけない。

本当に、面倒なことになったものだ。

「でもな、青柳。好きな人のことなら、たとえ不安になるようなことでも知っておきたいと思うものだぞ？　お前だって、シャーロットが何かを一人で抱えて悩んでいるなんて状況、嫌だろ？」

「それは……そうですが……」

「言われまくっている言葉ではあるが、自分がされて嫌なことを相手にするな。心配しなくても、シャーロットは強い奴だよ。少々、お前に依存しすぎてるところはあるけどな」

「いや、依存って……」

「依存してるだろ、あれは？」

言われて思い返してみる。

言うほど依存されているだろうか……？

確かに甘えん坊だし、嫉妬深いとは思うが……。

「ピンッときてないって顔だな？　まぁお前は、自分に向けられる想いには疎いみたいだし、仕方ないのかもしれないが」

「そうでもないと思いますが……」

「どの口が言うんだ、どの口が」

美優先生は、心底呆れたような表情を向けてくる。

そんなにも酷いのだろうか……？

「まぁそれはそうと、青柳は悪いことを何もしていない。今も過去もな。だから、何も気にせず堂々としていろ」

「今はともかく過去は……」

「お前は悪くない。だからこそ、西園寺だって今もお前と一緒にいるんだろうが。お前がそうやって引きずっている限り、関係しているお前と親しい奴等は全員、前を向けないんだよ。いい加減、割り切れ」

返す言葉もない、か……。

美優先生の言う通り俺が引きずっているのは確かだし、彰がそれを嫌に思っているのも確かだ。

「なるべく善処はします」

「はぁ、お前らしい答えだな……。まぁそれでもいい、私に強要はできないからな。とりあえず、堂々とシャーロットといちゃついておけ」

「いや、さすがに堂々といちゃつくのはまずいでしょ？」

サラッと何を言っているんだ、この人は。

「はは、あまりいちゃいちゃしてたら、さすがに問題だしな。というか、私に対する当てこすりかって言いたくなる」

そう言いながら、美優先生は遠い目をする。

そういえば、この人相手に結婚などの恋愛系の言葉は禁句だった……。

「せ、先生にも、いつか素敵な人が現れますよ」

「おい、声が震えてるぞ。無理して言うほどなのか？」

美優先生が物言いたそうにジト目を向けてくる。

しまった、動揺して声が震えてしまったようだ。

「いえ、そういうわけでもありませんよ」

正直に言うと、美優先生が男性と結婚する姿が想像つかない。

というよりも、彼女が男に惚れる姿を想像できないのだ。

なんせ男の俺から見ても、性格が男前でかっこいいのだから。

それこそ、女性である笹川先生のほうが、一般男性よりお似合いに見えてしまう。

「……話がずれたな。正直、青柳が堂々とさえしていれば、このまま静観するでもいい気はするが……一つだけ、別の方法はある」

「それはなんですか？」

もう完全に美優先生は静観派だと思っていたので、思わぬ一言に俺は喰いついてしまう。

「おそらく青柳のことだから既に気付いていると思うが、今回の騒動、何もシャーロットが人気過ぎるからだけが理由じゃない」

「ええ、そうですね。噂の件もありますし、そもそも俺が彼女と見合う男であれば、大した騒ぎではなかったと思います」

それこそ、《やっぱりあの二人がくっついたか》レベルで終わると思う。

そうじゃないのは、シャーロットさんと俺が、月とスッポンだからだ。

「お前をよく知る私や西園寺から見れば、お前らはお似合いだよ。だけど、ほとんどの生徒は青柳のことを誤解している。その理由もわかっているな？」

「俺が嫌われ者を演じたからです」

「そうだ。人気者と嫌われ者がくっついたら、誰だってそこに違和感を覚えて反発もしたくなる。だったら、その違和感を消し、お前がシャーロットに見合う男だと周りにわからせればいいんだ」

簡単に言ってくれる……。

それができたら、苦労なんてしていない。

「不可能に近いことですね。シャーロットさんが魅力的すぎます」

「おい、サラッと惚気(のろけ)るな」

俺の発言は惚気と取られたようで、美優先生は呆れた表情を向けてきた。

別に惚気ではなくて、事実だと思うが……。

「私は言うほど難しいとは思っていないぞ。青柳が勉強できることを知る生徒は多い。それだけではなく、この前の体育祭では活躍をしてみせた。運動や勉強ができることは、お前たち学生にとっては大切なポテンシャルだ。実際、体育祭以降、女子からよく話しかけられるようになっただろ？　下級生が多いかもしれんがな」

この人は、本当によく見ているな……。

確かに体育祭以降、今まで話したことがなかった女子から、話しかけられることは多くなった。

リレーの一件で、見直されたのだろう。

「でもそうなると、もう見返す要素がないと思いますが……？」

学力については既に知られており、体育祭に関しても一部態度が変わる子らはいれど、全体的に見れば俺を嫌っている生徒は多い。

これ以上状況を打破できる要素が、俺にあるとは思えない。

「あるだろ、お前の一番の武器が。月末、おあつらえ向きの行事があるよな？」

「まさか……」

「そう、そのまさかだ。月末には球技大会があり、その球技大会では女子はバスケ、そして男子は――サッカーをやることになっている。お前が青春を注いでいた、サッカーをな」

なるほど……。

つまり、球技大会で目立って、全校生徒の俺に対する印象を上書きしろとのことらしい。

「去年もやっているからわかると思うが、うちの学校は一学年のクラスが少ないからな、一クラス二チーム作ることになる。つまり、青柳は西園寺と別のチームに入り、お前がチームを優勝に導いてみせろ」

去年は、彰と同じチームに入り、俺が陰ながらサポートをしていた。

うちの学校にもサッカー部はあるが、強豪校ではないので実力もしれている。

だから、彰一人でも勝ち進めてしまうのだ。

そのため、俺は本気でやることがなかったが――彰がいないなら、本気でやらないと勝てない。

何より、勝ち進めば彰とやり合う可能性もあるわけで——。

「なるほど、だから過去を引きずるな、ですか……」

「お前が何を一番に優先するか、だな。後は自分で決めろ」

美優先生はそう言うと、俺に出ていくよう手を動かすジェスチャーをした。

道は示したから、それを選ぶかどうかは俺次第ってことなのだろう。

「——何を一番に優先するか、か……」

今となっては、考えるほどでもないと思った。

◆

「——球技大会で、ですか……？　でも、明人君は……」

エマちゃんが眠った後、シャーロットさんに今日美優先生とした話の内容を伝えた。

もちろん全て話したわけではないけれど、彼女は戸惑っているようだ。

「何か引っ掛かる？」

「えっと……」

彼女は言いづらそうに、チラチラと俺の顔を見てくる。

球技大会に関して何か嫌なことがあるのだろうか？

シャーロットさんが運動を苦手としていることは、今回の策には関係ないと思うが……。

「明人君は、サッカーをやりたくないのではないですか……？」

俺の顔色を窺(うかが)いながら、おそるおそるという感じでシャーロットさんは聞いてきた。

「俺、そんなこと言ったかな？」

「いえ……体育でサッカーの時は、他のスポーツよりもあからさまに手を抜いておられましたので……」

よく見ている。

確かに俺は、サッカーの時はいっさい本気でやらない。

他のスポーツなどに関しては、体育で【５】を取らないといけないため、少し手を抜く程度で留めている。

まさか、その違いにまで気付かれていたとは……。

やっぱりなんだかんだいって、彼女も鋭いんだよな……。

「シャーロットさんは、どうして俺がサッカーを本気でやらないか知ってるんだよね？」

「……知っているといいますか……なんとなくは、という感じです……。噂で聞いていることがありますので……」

学校で流れている噂――それは、こういうものだ。

俺が全国大会初戦の朝に退部をしたことで、司令塔を失ったチームは混乱に陥った。

そして混乱したチームは、優勝候補の一角に見るも無残な大敗をしてしまう。

それにより、恥をかき自信を失った多くの部員たちは退部をし、人生を狂わされた。

だから青柳明人は、最低最悪の裏切り者——最低の司令塔なんだ、というものだった。

まぁ噂というか、ほとんど事実なのだが。

一部違うのは、退部していった部員たちの中には自信を失ったのではなく、チームを見限って辞めていった者たちがいることだ。

「今まで話してなくてごめんね」

「いえ、気軽にできる話ではないと思いますので……。噂は、事実なのでしょうか？」

「うん、事実だよ」

俺は誤魔化すことはせず、素直に認めた。

それにより、彼女が息を呑んだのがわかる。

「失望した？」

「しません、そんなことは……！」

もちろん、俺も彼女がこれで失望するような子ではないとわかっていた。

それでも、万が一があるので尋ねてみたのだが、食い気味に否定をされて少し驚いている。

「あっ……ごめんなさい……」

「シャーロットさんが謝ることじゃないから」

勢いづいて否定したことを気にしたのだろう。

シャーロットさんはシュンとしてしまったが、むしろ俺は嬉しい。

「噂が事実だったとして……一つわからないことがありますので、お聞きしてもよろしいでしょうか……？」

「うん、一つと言わず、遠慮なく聞いてよ」

逃げ隠れをするつもりは一切ない。

シャーロットさんが満足するまで、俺は答え続けるだけだ。

「全国大会初戦の朝に退部をされた、とのことなのですが……人によっては、明人君が姿を現さなかった、と言います。私は漫画の知識なので正しくはないのかもしれませんが……普通、大会というのは開会式などがありますので、試合当日に現地に向かうというものではないですよね……？」

「まぁ地元のチームはわからないけど、普通はそうだね。近場のホテルに泊まったりするよ」

「それでは、明人君が退部をされたのは、どうして初戦の朝だったのでしょうか……？　何か訳がおありになったとしても、早めに伝えておられれば、部員の方々の動揺はまだ少なかったはずです。何より、開会式などに明人君がいらっしゃらなかったのに、こられない可能性を部員の方々が考えておられなかったのも、不可解です」

彼女は問い詰めているわけではない。

わからない、理解できないからこそ、それを教えてくれと言っているのだ。

「ここからのことは、シャーロットさんの知り合いでは、美優先生と彰しか知らないことなんだ。だから、他言無用にしてほしい」

彼女が誰かに面白おかしく言うとは思わない。

だけど、他の人に言っては駄目だという認識は持っていてほしかった。

「もちろんです。ただ……当事者の西園寺君は当然だと思うのですが、花澤（はなざわ）先生もご存じなのですね……？」

「当事者だからって知ってるわけじゃないんだけどね。彰も、他の人から聞いたわけだし。美優先生には……俺が、話したんだよ」

唯一俺がこの話をしたのが、美優先生だった。

他の人には話していない。

公（おおやけ）になったら多くの人間が困ることだから、迂闊（うかつ）に言えないのだ。

「……明人君は、花澤先生のことを随分（ずいぶん）と信頼をされていますよね？」

「えっと……何か問題かな？」

「いえ、なんでもないです」

そう言う彼女は、拗（す）ねたように若干頬（じゃっかんほお）を膨（ふく）らませていた。

　これはもしかして……美優先生にも妬いているのか……？

「本題に戻ろうか。シャーロットさんの質問に答えると、俺が部員たちに行けるって伝えていたからだよ。もちろん、俺も行く気ではいた」

「それでも、行けなかった……。そもそも、どうして明人君は皆さんと一緒に行かれなかったのですか？」

「……軟禁されてたんだよ」

「えっ!?」

　答えを聞いたシャーロットさんは、とても驚いていた。

　当然だろう。

　軟禁なんて、普通に生活していれば一生縁がないことなのだから。

「い、いったい、誰に……!?」

「今の保護者にだよ」

「――っ」

　シャーロットさんは目を大きく開いて、息を呑む。

　信じられないとでも言いたそうな表情だ。

「全部を話すとなると、長くなるんだけど……簡単に言うと、全国大会直前に、俺のお世話になっていた児童養護施設が潰れることになったんだ。民営だったから、不景気で経営ができなくなったらしい」

「そんなことが……。よりにもよって、全国大会直前に……？」

「本当に、よりによってこのタイミングかって思うよね。それからは、里親を探してお世話になるか、他の施設に移るしかないってなったんだけど……大会もあったから、俺は嫌がったんだよ」

それに、あの場所を離れたくなかったというのもある。

大切な約束があったから、あそこに俺は残っていたかったのだ。

「その時に、どうにかできないかと動いてくれた人がいたんだ。その人のおかげで——俺は、姫柊財閥に引き取られることになった」

動いてくれた人が俺の一つ年上の女の子で、幼馴染みだったというのは隠した。

今の彼女の場合、下手に女性の話はしないほうがいいだろう。

ましてや、もうほとんど縁が切れているのだから。

「姫柊財閥……イギリスにいた頃でさえ、聞いたことがあります。日本では、かなり大きなお家ですよね……？」

「うん、そうだね。まるで漫画やアニメみたいな話で、笑っちゃうでしょ？」

「…………」

俺が冗談めかして言うと、シャーロットさんは真剣な表情で黙って見つめてきた。

さすがに、笑い話で済ませることは不可能か。

「最初は、素直に喜んだ。大会の時も、必要な手続きが終わるまでは外に出られないけど、試合には間に合うようにしてくれるって話だったんだ。だけど――試合前日になっても俺は屋敷から出してもらえず、挙句部屋に閉じ込められた」

その時、初めて自分が嵌められたのだと理解した。

よく知りもしない相手だったのに、信頼している人の父親だからという理由で、信用してしまったのだ。

そのせいで、俺は試合に間に合わなかった。

「明人君は、どうされたのですか……？」

「なんとか逃げだして会場に向かったんだけどね……着いた時にはもう、試合は終盤にかかってたんだよ。その上、彰が目の前で大怪我を負ったところだった」

「――っ！」

シャーロットさんの綺麗な顔が、苦痛を受けているかのように歪んでしまう。

どうして俺が彰に尽くすようになったのか、これで彼女にも伝わってしまったはずだ。

彰が怪我を負った理由は、どうにか点を取ろうと無理して突っ込んだせいで、相手ディフェンダーに足をやられてしまったことにある。

俺がいないせいで、彰に無理をさせてしまったのだ。

だから、あの怪我は俺のせいであり、俺は今でもあの日のことを後悔している。

「それ、からは……？」

シャーロットさんは絞り出すような声で、続きを促してきた。

聞くのも辛そうだし、やっぱりやめたほうがいいのではないかと思うけれど、シャーロットさんはきっと納得しないだろう。

もう話してしまった以上、最後まで話すしかない。

「大騒ぎだった。俺たちのチームは初出場だったんだけど、中国大会で前年に全国制覇をしたチームに勝ったから、ダークホースだと注目されていたんだ。そのせいもあって、あの一件は大きく取り上げられた。司令塔が試合直前で退部。エースストライカーは全治半年の大怪我。試合に出ていた選手たちは明らかに動揺して集中力を欠いており、前半だけで五点もいれられるような一方的な試合。後半なんて、見るに堪えなかったらしい。普通の大会では起きないことが連発し、世間は面白おかしく注目したんだ」

「そしてその責任を、明人君に全て押し付けた……？」

「まぁ、誰がどう見ても、俺のせいだよね。俺が事の発端なんだからさ」

俺が試合に出られさえすれば、何も起きていなかったことだ。

俺のせいだと言われても否定はできない。

「で、ですが、軟禁されたことを正直に話していれば……！」

「正直に話していれば、何かが変わったかもしれないけど、何も変わらなかった可能性が高いよ。言い訳、責任逃れって言われただけじゃないかな」

そう、世の中はそんなに甘くない。

確かに全国大会中に退部など普通はありえないため、何かあったと思ってくれる人もいるだろう。

だけど、多くの人間は誰かに責任を取らせたがる。

そして、この時のうってつけな人間は俺だった。

だから、結果は変わらなかったと思う。

「でも、実際に軟禁をされていた事実があるのですし……！」

「その証拠は何もないよ。屋敷にいたことを証言してくれる人はいるかもしれないけど、それが俺の意思ではなく軟禁だったと証明するのは難しい。何より、この事情が表に出ると、いろんな人が困ることになるんだよ。だから、俺は言うわけにはいかなかった」

「どうしてですか……⁉　明人君は、被害者なのに……！」

「そもそもおかしいと思わない？　どうして、俺は軟禁される必要があったのか」

「あっ……」

他のことで頭がいっぱいで、シャーロットさんは本当に気付いていなかったようだ。

普通に考えて、俺を引き取ったことで軟禁をする必要なんてない。

それなのになぜ俺を軟禁したのか——そうする必要があったからだ。

「初戦の相手のチームには、姫柊財閥が経営する会社の、大事な取引先の御曹司がいたらしいんだ。そしてその親は大のサッカー好きで、負けず嫌い。息子をどんな手を使ってでも勝たせたいという人間だった」

「どんな手でも……」

「まぁとは言っても、普通そう手を回すことは不可能なんだけどね。でも、初戦敗退なんて絶対許されないのに、初戦の相手は優勝候補を倒すかもしれないというダークホースだった」

「だから、姫柊財閥に話を持っていかれたのですか……？」

「いや、話を持っていったのは、姫柊財閥のほうだよ。取引材料に、俺を利用したんだ。俺を引き取ったのは、試合に出させないためだったんだよ」

普通なら大手財閥のトップに立つような男が、中学生のサッカー事情など知らない。

だけど、俺と姫柊財閥の関係は元々特殊だった。

そのせいでいろいろと知られており、利用価値があると思われてしまったのだ。

「そのことが明るみになれば、姫柊財閥や取引先の社長はもちろんのこと、従業員たちにも迷惑はかかるし、俺がお世話になっていた人にも迷惑がかかる。だから、言うわけにはいかなかった」

俺がお世話になっていたのは、姫柊財閥のご令嬢だったんだ。

姫柊財閥が困るということは、当然その人も困る。

これ以上、恩を仇で返すような真似、俺にはできなかった。

何より洩らした場合、俺もタダでは済まされなかっただろう。

「それで明人君は、一切黙りこんでいるのですか……？」

シャーロットさんの質問に対して、俺は言葉にせず小さく頷いた。

すると、彼女はバッと勢いよく俺に抱き着いてくる。

「なんで……！　なんで、明人君ばかりこんな目に……！」

胸に飛び込んできた彼女は、涙を流していた。

俺に同情してくれているのだろう。

優しい彼女に聞かせるには、やはり少し話が重すぎた。

「泣かないで、シャーロットさん。もう終わったことなんだ」

「ですが……！」

「大丈夫、そういうことがあったからこそ、俺はシャーロットさんと出会えたんだ。だから、感謝もしているんだよ」

中学時代の一件がなければ、俺はこのマンションに住んではいなかったし、今の高校にも通っていなかった。

だから、シャーロットさんと出会い付き合うための不幸だったと思えば、安いものだ。

「明人君は……ぐすっ……優しすぎます……」

「本当に思っていることだからね。シャーロットさんと出会えたのは、俺の人生で最大の幸運だよ」

これは彼女を慰めるために言っているわけじゃなく、本気でそう思っているのだ。

シャーロットさんと出会えたことで、俺の人生は大きく変わっている。

救われたといっても過言じゃない。

「私、明人君のこと絶対に幸せにしますから……」

「あはは、それって本当は俺が言わないといけない台詞だけど……」

「いいんです、私が明人君を幸せにするんです」

シャーロットさんは優しく笑って、ギュッと俺の体を抱きしめてきた。

本当に、優しい彼女だ。

「私は何があっても明人君の傍にいますからね。絶対離れたりしません。ですから、遠慮なく頼ってください」

「うん、ありがとう。俺もシャーロットさんと離れたくないから、学校の件が終わったら家の件を片付けるよ」

そうしないと、多分シャーロットさんと一緒にいられなくなるから。

大切な女の子のために、俺は自分を繋いでいる鎖を断ち切る覚悟を決めた。

その後は勉強をする気にはなれず、寝る時間になるまでかわいい彼女といちゃいちゃするのだった。

第五章 「美少女留学生は信じたぃ」

翌日の土曜日――。

『おにいちゃん、これなぁに？』

お昼ご飯を食べた後、サッカーボールを買いにスポーツ用品店に行くと、エマちゃんが興味深そうにテニスラケットを指さした。

いつも通り、俺が出かけようとするとこの子もついてきたのだ。

もちろん、シャーロットさんも一緒にいる。

『テニスラケットだよ』

『テニス……？』

エマちゃんは何かわかっていないようで、かわいらしく小首を傾げる。

俺の家ではスポーツ中継をつけないため、見たことがないのかもしれない。

『スポーツだよ。このラケットでこのボールを打って遊ぶんだ』

俺は近くにあったボールを手に取り、エマちゃんに説明をする。

随分と省略した説明ではあるけれど、少しエマちゃんもイメージが付いただろう。

『おにいちゃん、あそぶ？』

すると、エマちゃんは俺の手からボールを取り、再度首を傾げながら聞いてきた。

これは質問ではなく、誘いだろう。

テニスで遊ぼうとエマちゃんは言っているのだ。

『ごめんね、今日は別の遊びをしようか』

ラケットに記載されている金額は、二万後半だった。

一学生が手を出すには、さすがにちょっと値が張ってしまっている。

一応、初心者用に数千円のラケットもあるようなのだけど、ガット代とかボール代を考えると厳しい。

部活などで真剣にやるのであればいいが、何回やるかもわからない遊び用に買うものではなかった。

『むぅ』

やってみたかったのか、エマちゃんは小さく頬を膨らませる。

だけど、我が儘は言ってこなかった。

シャーロットさんじゃなく俺が断ったから、難しいと思ったのかもしれない。

俺の場合、エマちゃんのおねだりならなるべく聞いている。

それなのに断ったから、無理だと思ってくれたんだろう。

『明人君、サッカーボールはあちらのようですね』

エマちゃんに気を取られていると、シャーロットさんがサッカーボールを探してくれていたようだ。

『沢山ありますね……』

サッカーボールが並べてある棚を見て、シャーロットさんは意外そうにする。

彼女はスポーツをしないから、あまりこういった光景は見たことがないのだろう。

『どれがいいのでしょうか？』

『そうだね……』

俺はエマちゃんをシャーロットさんに預けて棚を見回すと、安めのサッカーボールを手に取る。

『これでいいかな』

『何か違いがあるのですか？』

『まぁ、一概にサッカーボールといっても、値段が違うように、試合球だったり練習球だったり、後は遊びで使う用にとかで、いろいろとあるんだよ。縫い目が違ったりとか、硬さが違ったりとかね』

それによってサッカーボールの耐久力や蹴り心地が違うなど、意外と奥が深いのだ。

それと、サイズだっていろいろとある。

『エマも、これやる……！』

俺が手に取ったからだろう。

やる気十分という感じで、エマちゃんはサッカーボールに触れてきた。

『エマにはまだ早いんじゃないかな……？』

このサイズのサッカーボールを、エマちゃんが扱うのは無理だと思ったようで、シャーロットさんは困ったような表情をする。

だけど、エマちゃんは首を左右に振った。

『できる……！』

さっきテニスは駄目だと言われたからか、ちょっと意固地になっているところもあるのだろう。

今度は俺が買うのなら、絶対に自分もしてやろうという意志が見て取れた。

『3号っていうキッズ用のサッカーボールもあるから、エマちゃんにはそっちを買ってあげようよ』

俺が持っている5号のサッカーボールだと、大きいし重たいし硬いしで、うまく扱えずやる気をなくすだろう。

それよりも、小さくて軽く、柔らかめのサッカーボールにしてあげたほうが楽しいはずだ。

『エマ、買ったらちゃんとサッカーする？』

『んっ！　する！』

シャーロットさんが尋ねると、エマちゃんは元気よく頷いた。

とてもいい返事だ。

『それでは……買ってみましょうか。これを機にお外で遊ぶようになれば、いいことですし』

現在のエマちゃんは、完全にインドア派だ。

だけど子供なら、外で遊んだほうがいいことも多いだろう。

確かにこれでエマちゃんが外で遊ぶようになれば、この子にとって凄くいいことだ。

……まぁ、エマちゃんがインドア派なのは、俺と遊べるのが室内だったから、という理由な気がするけど……。

『うん、試しにさせてみるのはいいことだよ』

これでエマちゃんがサッカーを気に入り、小学生になったらクラブチームに入るということがあってもいいかもしれない。

エマちゃんの運動神経と物覚えの良さなら、将来国を背負って立つような選手になる可能性もあるだろう。

「そういえば……」

「どうされました？」

俺はふと気になることがあり、無意識に呟(つぶや)いていたようだ。

日本語で呟いたせいか、シャーロットさんも日本語で尋ねてきた。

「うぅん、なんでもないよ」

俺は笑顔で誤魔化(ごまか)しておく。

もちろん、なんでもなかったわけではない。

ただ、聞くのが怖かったのだ。

彼女たちは――いつまで、日本にいるのかということを。

「それよりも、エマちゃんのサッカーボールを選ばないとね」

俺は誤魔化すようにそう言うと、3号のボールが置いてある棚に向かうのだった。

◆

『おにいちゃん、やろ……！』

一旦家に帰り、運動できる格好に着替えて公園に行くと、エマちゃんが小さいサッカーボールを上下に振りながら話しかけてきた。

やりたくてウズウズしているらしい。

とはいっても、俺は練習しないといけないんだけど……。

そのために、サッカーボールを買いに行ったわけで。

『エマ、私が相手してあげる。明人君は、練習をしないといけないの』

俺が困っていることに気付いてくれたのだろう。

シャーロットさんが間に入ってくれた。

それによりエマちゃんは不満そうにするのだけど、俺の手にもサッカーボールがあるのを見て、渋々諦めたようだ。

そして、シャーロットさんに向けてトウ――足のつま先で、優しくボールを蹴る。

どうやら、どうやって遊ぶかはわかっているようだ。

『明人君、私たちのほうは大丈夫ですので、練習をしてください』

シャーロットさんはエマちゃんから来たボールを足で止めると、俺に笑顔を向けてきた。

その間に、エマちゃんはシャーロットさんと距離を取っていく。

もっと強く蹴りたかったんだろう。

エマちゃんも納得しているようなので、ここはお言葉に甘えて練習を――。

『エマ、行くね――あっ』

シャーロットさんたちから視線を外そうとした時だった。

足元にあったボールを蹴ろうとして、シャーロットさんが空振り（からぶ）りをしたのは。

いや、うん……転がってきたボールを空振る奴なら学校でも見たことがあるけど、止まってるボールを空振る人は初めて見た。

『……………』

あっ、まずい。

思わず見つめていると、シャーロットさんが俺のほうを振り返り、バッチリ目が合ってしまった。

その顔は、みるみるうちに真っ赤になっていく。

『ち、違うんです……！　今のはその……！　ちょっと強く蹴らないとだめかな？　でも、強く蹴り過ぎたらエマが困るなって思い、悩みながら足を出してしまって、それで全然違うところを蹴ってしまったんです……！』

よほど恥ずかしかったんだろう。

シャーロットさんは必死で言い訳をしていた。

『あっ、あ～、うん、あるよね！　そういうことあるよ、うんうん！　俺もよくやった気がする！』

あまりにも可哀想（かわいそう）だったので、なんとか話を合わせてみた。

さすがにそんな経験はしたことがないのだけど、否定して彼女を追い詰めるわけにはいかな

い。

エマちゃんでさえ、気を遣ってシャーロットさんとの距離を縮めているのだから。

『穴があったら入りたいです……』

シャーロットさんは両手で顔を押さえ、イヤイヤとやるように首を左右に振る。

まだ恥ずかしさは消えないようだ。

『人に向けてボールを蹴る時は、足の内側で蹴ったらいいんだよ。こうやってね』

このまま放置するとシャーロットさんの恥ずかしさは当分消えないと思い、別のことを考えさせることにした俺は、インサイドでエマちゃんに向けてボールを蹴る。

そのボールはエマちゃんの足元に行き、エマちゃんがパチパチと拍手をしてくれた。

『おにいちゃん、すごい！　こう？』

エマちゃんは見よう見まねで、俺に向かってインサイドでボールを蹴ってくる。

だけどボールの蹴った部分が悪く、俺の右手側に大きく逸れてしまった。

『むぅ……』

思った方向に飛ばなかったからだろう。

頰を膨らませて、わかりやすく拗ねていた。

『初めてにしては上手だよ。じゃあ、次はシャーロットさんの番だね』

『わ、私ですか!?』

『エマちゃんの相手をしてくれるんだよね……？』

なぜかビックリしてしまったので、俺は念のため尋ねてみる。

すると、シャーロットさんは困ったように、視線を彷徨わせ始めた。

もしかしたら、また空振るのが怖いのかもしれない。

『大丈夫だよ、インサイドキックなら足の面が広いから、そうそう空振ったりしないんだ。それに、エマちゃんとの距離も近いから、当てることにだけ集中して蹴ってみて。コツは、ボールの真ん中を蹴るイメージだよ』

俺は優しくシャーロットさんにコツを教えてみる。

パスは基本中の基本で、難しいことは全然ない。

的当てなら確かに結構難しいかもしれないが、相手は人だ。

ボールの軌道が逸れたって、向こうが動いて取ってくれるのだから、気負う必要はない。

『蹴ってごらん』

『はい……えいっ！』

シャーロットさんは、かわいらしくインサイドでエマちゃんに向けてボールを蹴る。

すると、少し軌道がずれたけれど、エマちゃんから二歩で取れる範囲にボールは行った。

初めてにしては上出来だろう。

『で、できました……！』

『うん、上手だよ。その調子でやってごらん』

『はい、ありがとうございました……！』

よし、これで俺も練習に――。

『むぅ……おにいちゃん、エマもおしえてほしい……』

今度こそ練習に移ろうとすると、離れていたはずのエマちゃんが俺の足にくっついてきた。

先程軌道が逸れてしまったというのもあるし、シャーロットさんのほうが上手にできていたので、教わりにきたのかもしれない。

まぁ、時間は沢山（たくさん）あるし……。

『ボールの真ん中に、足のここの部分を当てるんだよ』

俺はエマちゃんの足に手を当てて、インサイドのどこの部分をボールに当てるのがいいかを教えてあげた。

『それで、ボールを蹴るほうの足とは逆の足――軸足っていうんだけど、ボールを蹴る方向に足のつま先を向けるんだ』

『こう？』

エマちゃんは早速、軸足である左足のつま先をシャーロットさんに向ける。

普段は我が儘（わがまま）だけど、教わる時はとても素直なので、相変わらず呑（の）み込みが早い。

『そうそう。それで足首を固定させて、できるだけまっすぐボールに対して振り抜くんだ』

俺はエマちゃんからボールを受け取り、実際に蹴ってみせた。

『わっ！　またピッタリ……！』

シャーロットさんの足元ピッタリにボールが行ったからだろう。

エマちゃんはまた拍手をしてくれた。

『──じゃあ、エマちゃんもやってみよっか？　シャーロットさんを狙って蹴るんだよ？』

『んっ！』

シャーロットさんからボールが返ってきたのでエマちゃんに渡すと、エマちゃんは嬉しそうに頷いた。

そして、教えた通りに蹴り──見事、シャーロットさんの足元にボールは行った。

いや、うん……いくら距離がそこまでないからって、すぐにあんな完璧に蹴れるのか……？

やっぱりこの子、才能の塊じゃ……？

『私より、エマのほうが上手です……』

自分の蹴ったボールは若干逸れるのに、エマちゃんのボールがドンピシャで足元に返ってきたため、シャーロットさんは落ち込んでしまったようだ。

そりゃあ、幼い妹のほうがうまかったらショックを受けるよな……。

『おにいちゃん、エマできた……！』

その一方で、うまくできたエマちゃんは、褒めて褒めてと言わんばかりに俺の服を引っ張ってきた。

かわいいんだけど、シャーロットさんのことを思うと素直に喜べない。

『よしよし、上手だね』

『えへへ……んっ！』

とりあえず頭を撫でてあげると、エマちゃんは満面の笑みを見せてくれた。

相変わらず天使のようにかわいい。

『…………』

それはそうと、シャーロットさん。

小さく頬を膨らませて、拗ねたように俺を見るのはやめてほしいんだけど……。

今もなおこちらを見つめている彼女に対して、俺はそんなことを思ってしまう。

『ロッティー、ボール……！』

シャーロットさんでボールが止まっているため、エマちゃんは両手を振りながら、ピョンピョンと跳ねてボールを要求した。

それにより、シャーロットさんがボールを蹴るが――やはり、軌道がずれてしまった。

『…………』

シャーロットさんはシュンとした後、チラッと俺の顔を見てくる。

これは、あれだろうか？

教えてほしいってことでいいのか？

『シャーロットさん、エマちゃんの右手側にずれてるってことは、つま先側が先に出ちゃってるんだよ。蹴るほうの足は真横にして、膝部分を意識して前に出してごらん』

俺は手本を見せながらシャーロットさんに教える。

すると、彼女はすぐに真似をした。

『こう、ですか……？』

今度は、きちんとエマちゃんの足元にボールは届いた。

うん、上手だ。

『そうそう、シャーロットさんも上手だよ』

『あ、ありがとうございます……！』

褒めてあげると、顔を赤く染めながらお礼を言ってくれた。

だけど、すぐに何かを求めるような上目遣いで見てくる。

これは、もしかしなくても――。

『おにいちゃん、つぎはエマがける……！』

シャーロットさんに近付いて頭に手を伸ばそうとすると、エマちゃんに服を引っ張られてしまった。

蹴るから見とけ、ということだろう。

『えいっ！』

エマちゃんは先程よりも距離を取ると、勢い強く蹴った。

力んでるように見えたので、そのボールは大きく逸れるかと思いきや――ピッタリと、シャーロットさんの足元に収まる。

まじでこの子、今から本気でサッカーをやらせたほうがいいんじゃないか……？

『シャーロットさん、ボールはちゃんと転がるから、力まずにさっきと同じように蹴ったらいいからね？』

エマちゃんに対抗して強く蹴る前に、俺は優しい声を意識してシャーロットさんを落ち着かせる。

同じように強く蹴ろうとすれば、彼女の場合外してしまうと思ったからだ。

というよりも、初心者なら強く蹴ると思ったほうには飛ばない。

初心者で思い通りの場所に蹴られているエマちゃんが、異常なのだ。

『はい……えいっ』

シャーロットさんは、言った通り優しい力でボールを蹴った。

威力がないのでボールが転がるスピードは遅いけれど、ピッタリとエマちゃんの足元に収まる。

この調子なら、問題はないだろう。

俺はエマちゃんとシャーロットさんの様子を見ながら、ストレッチを始める。

彼女たちは遊びでやっており、激しく動くわけでもないから言わなかったのだけど、俺の場合はしっかり動くつもりなので、ストレッチは欠かせない。

そうしていると、エマちゃんがボールを蹴るのを止めて、俺の真似をし始めた。

『おにいちゃん、これなぁに？』

『これはね、ストレッチっていうんだよ。運動をする前や後にはしないといけないんだ』

『エマ、してないよ？』

『そうだね、それじゃあ一緒にやろっか』

ストレッチはやるに越したことはない。

むしろ、本当なら軽い運動でもしたほうがいいだろう。

エマちゃんにさせなかったのは、させようとしても嫌がり、サッカー自体を嫌がるようになると思ったからだ。

俺とエマちゃんがストレッチを始めたのを見て、シャーロットさんも同じようにストレッチを始めた。

この姉妹、やっぱり考え方が似ている。

だけど、そういうところもかわいかった。

『――はい、終わり。エマちゃんはまたシャーロットさんと遊んでいいよ』

ストレッチを終えると、俺はエマちゃんにそう声をかける。

しかし、エマちゃんはブンブンと首を左右に振った。

『おにいちゃんも、あそぶ……！』

どうやら、さっきまで一緒にやっていたことで、遊ばないと気が済まないようになったみたいだ。

……そうだな。

『それじゃあエマちゃん、〝リフティング〟やってみようか？』

『んっ……？　〝リフティング〟？』

エマちゃんは小首を傾げて、不思議そうに俺の顔を見上げてくる。

サッカーのことは知っていても、リフティングは知らないようだ。

『こうするんだよ』

俺はボールのてっぺんに足を置き、そのまま足を引いて足の裏でボールに回転をかけ、足の甲でボールを持ち上げる。

『わっ……！』

地面にあったボールが浮いたことが不思議だったんだろう。

エマちゃんは驚いたように俺のことを見てくる。

俺はエマちゃんとシャーロットさんの視線を感じながら、まずは両足の甲で交互にボールを蹴った。

『すごいすごい！』

『はは、ありがとう。〝リフティング〟はね、こういうふうにして体でボールを落とさないようにして、何回触れたかを数える遊びなんだ。サッカーだから、手は使ったら駄目だよ？』

『んっ！』

エマちゃんは元気よく手を挙げた後、シャーロットさんからボールを受け取る。

そして、同じようにボールを浮かせようとして――ボールが、エマちゃんから逃げるように転がっていった。

『あっ!?』

『エマちゃん、最初はボールを手で掴んで、足に落としたらいいんだよ？』

俺はリフティングを続けながら、エマちゃんにアドバイスする。

クラブでさえ、始めたばかりの子にリフティングをさせる時は、まず手でボールを落とさせる。

足で持ち上げる技術は慣れれば簡単だけど、初心者にはやっぱりちょっと難しいのだ。

しかし――。

『やっ……！』

エマちゃんは俺と同じことがしたいようで、首を左右に振ってしまった。

意地になっているところもあるのだろう。

才能はあるのだし、好きにやらせてみたほうが良さそうだ。

俺はそんなことを考えながら、足の甲で蹴っていたボールを太ももへ持ってきた。

そして、今度は両足の太ももでリフティングをする。

『………』

エマちゃんは俺が教えるのを待っているのか、またジッとこちらを見始めた。

だから俺は、太ももで蹴っていたボールを高く上げ、首の後ろでキャッチする。

勢いを殺したボールは、そのまま足元へと落とし、動かないよう足で押さえた。

『おぉ……！』

こっちを見ていたエマちゃんは、パチパチと拍手を送ってくれた。

この子はいちいち拍手して喜んでくれるので、こちらも嬉しくなってしまう。

……調子に乗らないように、気をつけないといけないな。

『明人君、お上手なのですね……！』

シャーロットさんも喜んでくれたようで、同じように拍手を送ってくれた。

これくらいのことで上手と言われても困るところではあるのだけど、それはそれとして、やっぱり嬉しいものだ。

『ある程度やってると、これくらいはできるようになるものだよ。それよりもエマちゃん、教えてあげるね』

『んっ……！』

やはり俺が教えるのを待っていたようで、エマちゃんはとても嬉しそうに頷いた。

それから俺は、リフティングのコツをエマちゃんへと教えていく。

その間シャーロットさんは、俺たちを見つめているだけで一緒にやろうとはしなかった。

もしかしたら、自分ではできない――いや、そうか。

彼女はスカートなので、リフティングをやろうとしたら見えてはいけないものが見えてしまうのか。

どうして彼女がやりたがらないのか理解した俺は、もう何も言わなかった。

エマちゃんの場合は、サッカーをやるのがわかっていたので、予めシャーロットさんがズボンに着替えさせている。

だから、こちらは問題ないのだ。

――結局この日は、エマちゃんの指導をしているうちに日が暮れてしまうのだった。

◆

「――青柳君、今度の土曜日か、日曜日遊べないかな……？」

それは、食堂からの帰り道でした。

東雲さんが急に、明人君を遊びに誘ったのです。

「休日か……」

ここ最近の明人君は、学校終わりはもちろんのこと、休日もサッカーの練習をされております。

幼い頃からサッカーをやられていたそうですが、ブランクが三年もあるため、感覚を取り戻しているそうです。

そのため、休日に遊びに行くのを渋っているのでしょう。

ただでさえ球技大会まで時間がありませんのに、練習中はエマに結構時間を取られていますからね……。

「その……明日、私たちの誕生日だよね……？　当日は、その……青柳君、シャーロットさんと二人きりになりたいだろうし……だから、土曜日か日曜日のどちらか空いてるほうで遊べないかな……？」

東雲さんが遊びに誘われるなんてとても珍しいと思いましたが、そういうことでしたか。

本日は、十一月十日です。

そのため、先程東雲さんがおっしゃられた通り、明日は明人君と東雲さんの誕生日になります。

もちろん、私は誕生日プレゼントを用意していますが……東雲さんは、明人君の誕生日を私に譲ってくれるようです。

彼女もとてもお優しい方なのでしょう。

ご自身の誕生日でもあるのですから、我が儘をおっしゃっても許されるでしょうに……。

「明人君、エマは私のほうで面倒を見ていますので、行ってきてください」

東雲さんが譲ってくださっている以上、私も譲らないといけません。

練習に関しても、彼ならきっと大丈夫でしょう。

今は何より、兄妹としての時間を大切にしてほしかったです。

「いや、だけど……。東雲さん、シャーロットさんも一緒でいいのかな?」

明人君は何かが引っかかっているようで、東雲さんにそう尋ねられました。

それに対して東雲さんはチラッと私を見た後、コクコクと頷いてしまわれます。

「大丈夫……」

「それじゃあ、シャーロットさんも一緒ってことで――」

「ま、待ってください。せっかくなのですから、二人で遊びに行かれたほうがいいと思います……!」

このまま話を進めてしまうのは良くないと思った私は、他には西園寺君しかおられなかったこともあり、つい大きめの声で割り込んでしまいました。

それに対して皆さんが驚いて私を見られますが、このままだと東雲さんが可哀想なので、続けて口を開きます。

「たまには、そういう時間も必要だと思います……！」

〝兄妹の時間〟と言うのは、万が一他の方に聞かれた時が困りますので、私はそう濁しながら明人君の目を見ました。

「でも、その……シャーロットさんは、大丈夫なの……？」

いったい何が不安なのでしょうか？

確かに明人君が他の女性と遊びに行かれることは不安ですけど、相手は実の妹さんなのです。

まさか、万が一のことが起きるわけでもないでしょうし、明人君を取られるわけではありませんので、何も心配はいりません。

それに、私が行くということはエマも一緒に行くことになってしまい、明人君たちの行動を大分制限することになってしまいます。

ましてや、エマは明人君がいらっしゃる時は明人君から離れませんので、東雲さんが明人君と話せなくなってしまうのです。

そういうことを考慮しますと、私が一緒に行くわけにはいきませんでした。

「大丈夫ですよ。たまには、東雲さんを大切にしてあげてください」

「そっか……まぁ、シャーロットさんが大丈夫って言うなら……。東雲さん、万が一誰かに見られたら困るから、かなり遠出をすることになるけどそれでも大丈夫？」

「あっ……んっ、私は大丈夫だよ」

どうやら、二人だけで行くことにしてくださったようです。

明人君がいらっしゃらない休日は寂しいですけど、仕方ありません。

たまにはこういう日もありませんと、いつも一緒にいますと離れられなくなってしまいますからね。

私がエマみたいにならないためにも、こういう日は大切だと思います。

「――本当に、大丈夫かな……？」

話がまとまったのでまた教室に向かって歩き始めますと、明人君は口元に手を当てながらブツブツと独り言を呟(つぶや)かれておりました。

何がそれほど不安なのでしょうか？

かなり遠出をされるとのことなので、よほど運が悪くない限りは知り合いと鉢合(はちあ)わせすることはないでしょうに。

遠出をするということで、東雲さんのお金のことを心配されているのでしょうか……？

あまり裕福ではなさそうでしたので、確かに交通費が心配になるところです。

しかし、その辺の心配は先程口にされておりませんでしたので、《本当に》と呟かれた以上違うと思います。

それでは、他に何が心配なのでしょう……？

私は明人君がいったい何を心配しておられるのかがわからず、考え事をしながら教室に戻るのでした。

◆

『明人君、お誕生日おめでとうございます……！』

『おにいちゃん、おめでとう……！』

東雲さんから遊びに誘われた翌日の夜、シャーロットさんとエマちゃんが俺の誕生日を祝ってくれた。

二人の手にはそれぞれプレゼントらしき袋が握られており、先にエマちゃんが俺に渡してくる。

『はい、おにいちゃん。どうぞ』

『ありがとう、エマちゃん。開けてもいいかな？』

『んっ……！』

エマちゃんに確認を取った後、大きめの梱包（こんぽう）で包まれているプレゼントを開けてみる。

すると――。

『猫耳、パジャマ……』

出てきたのは、まさかのパジャマに猫耳フードが付いた服だった。

『んっ！』

目の前では、エマちゃんがキラキラと目を輝かせながら俺のことを見ている。

なるほど、そうきたか。

『ありがとう、とても嬉しいよ』

『んっ、おそろい！』

どうやらエマちゃんは、今後俺にこれを着て寝てほしいらしい。

お揃いで一緒に寝ていると、本当の家族のように見えそうだ。

この歳で猫耳のパジャマを着るのは恥ずかしいけれど、エマちゃんの気持ちは凄く嬉しい。

エマちゃんとシャーロットさんの目しかないのだから、今後はこれを着ようと思った。

まぁ、外に出る勇気はないけど。

『早速今日から着させてもらうね』

『んっ……！』

エマちゃんは嬉しそうに頷くと、俺のほうに歩いてきた。

そして体の向きを変えて、ストンッと俺の膝に座る。

自分の番は終わり、という意思表示なのかもしれない。

『明人君、私からはこちらを』

そう言ってシャーロットさんからプレゼントを渡されたので、彼女に確認後開けてみる。

すると、出てきたのは――長いマフラーだった。

『これって、もしかして……』

『はい、手編みです……その、あまり上手ではないかもしれませんが……これから更に寒くなっていきますので、よろしければと……』

シャーロットさんの性格的にもしかしてと思ったけれど、本当に彼女の手作りマフラーだったようだ。

まさか自分が、手編みのマフラーを彼女から貰う日が来るとは思わなかった。

シャーロットさんは上手じゃないかも、と言っているが、お店で置いてあるものと遜色ないほどに上手に編んでいるように見える。

この子もなんだかんだ言って、手先が器用なんだよな。

それにしても……最近は帰らずにずっと俺の部屋にいるのに、いつの間に作ってたんだろ？

もしかしたら、結構前から作ってたのかもしれないな。

『ありがとう、凄く嬉しいよ。大切にするね』

『はい……！』

お礼を言うと、彼女は嬉しそうに笑ってくれた。

本当にかわいくて素敵な彼女だ。

『これって普通のマフラーより結構長い気がするんだけど、俺の勘違いじゃなかったら……』

『はい……二人で巻けるように作りました……』

今度は、恥ずかしそうに頰を赤く染めて、俯きながら答えてくれた。

つまり、今後寒い時はこれを二人で巻いて歩く、ということらしい。

人の目があると恥ずかしいけれど……彼女とそういうふうにして歩けるっていうのは、やはり嬉しかった。

『おにいちゃん、エマのよりロッティーのほうがうれしそう……』

そうしていると、エマちゃんが不服そうに俺の服を引っ張ってきた。

どうやら拗ねてしまっているようだ。

『そんなことないよ、エマちゃんのプレゼントも凄く嬉しいよ』

着るのはちょっと恥ずかしいけれど、エマちゃんが俺のために選んでプレゼントしてくれたものなんだ。

どんなものであろうと、嬉しいに決まっている。

『じゃあ、ロッティーのとエマの、どっちのほうがうれしい？』

『それは……』

この子、幼いのになんて答えづらい質問をしてくるんだ……。

正直言うと、やはりシャーロットさんが手作りをしてくれたマフラーのほうが嬉しい。

だけど、それを答えてしまうとエマちゃんを悲しませるし、何よりエマちゃんのプレゼントが凄く嬉しかったのも嘘ではないのだ。

だから、あまり比べるようなことはしたくない。

『同じくらい両方嬉しいよ』

結局、そんな無難な言葉しか返せなかった。

『むぅ……』

エマちゃんは俺の答えが気に入らなかったようで、また拗ねた表情を向けてきた。

この子の気持ちがわからないわけではないのだけど、やはりここは片方を選べない以上、我慢してもらうしかない。

その後は三人仲良く一緒にご飯を食べ、エマちゃんが眠った後はシャーロットさんとの二人きりの時間を楽しむのだった。

――それはそうと、シャーロットさんは嫉妬深いようなのに、俺が他の女子と遊びに行っても本当に大丈夫なのか……？

実妹だから、許されるって思っていいのだろうか……？

でも、エマちゃんにさえヤキモチを焼く子だしな……。

俺はそのことが不安になり、華凛と遊びに行く日までの間、シャーロットさんをいつも以上に甘やかすことにしたのだった。

◆

『――おにいちゃん、いないの……？』

土曜日――明人君がもうお家にいないとわかると、エマは表情を曇らせてしまいました。

『ごめんね、明人君は用事があったから仕方ないの』

『むぅ……』

エマは不満そうに私を見てきます。

ですが、これ以上何かを言うことはしませんでした。

明人君が既にいないのであれば、私に文句を言っても無駄だと思ったのかもしれません。

『今日は二人だけで出掛けよ？　お菓子とか服、沢山買ってあげるからね』

『んっ……』

元気がなさそうにエマはコクッと頷きました。

本当は、休日なので明人君に沢山遊んでもらえると思って、楽しみにしていたのでしょう。

しかし、彼とはこれからずっと一緒にいられます。

焦る必要はありませんし、今日くらいは東雲さんに譲ってあげたほうがいいでしょう。

『明人君には、また遊んでもらおうね』

私はそう宥めて、朝ご飯の準備に入ろうと腰をあげます。

すると——。

『ねぇ、ロッティー。ママ、エマのたんじょうびにもかえってこなかった……』

エマは、寂しそうな表情で私の服を引っ張ってきました。

誕生日でさえ、こんなことを言ったことはありません。

明人君がいるから、あまり気にしていなかったのでしょう。

ですが明人君がいない今、寂しさを埋めるためにお母さんのことを求めているようです。

『お母さん、お仕事で忙しいそうなの。だから、許してあげてね』

私はそう宥めながらも、自分自身納得できない感情を抱いてしまいます。

今まで、お母さんはどれだけ忙しかろうと、私やエマの誕生日には家に帰っていました。

それなのに、日本に来てからというもの、全く家に顔を出そうとしません。

無理を言えば、時間を作ってくれる時もあるのですが——なぜか、家ではなく外で会おうとします。

単純にそれだけ時間がないのかもしれないということはありますが、私にはどうにもそうは思えませんでした。

まるで、家に近付くのが嫌だ、と考えているように思えるのです。

いったい、何を隠しているのでしょうか……。

他にも奇怪な行動があります。

エマの保育園の一件ももちろんですが、エマを普段お留守番させていたお部屋には、何かあった時すぐわかるようにカメラをつけています。

やはり、どれだけ頭がいいといっても幼い子供なので、私が学校にいる間はそのカメラを通してエマの様子をお母さんが見てくれることになっていたのです。

それなのに、エマが脱走した日、お母さんからその連絡はありませんでした。

聞いたところではどうやら会議をしていたらしく、私もエマをすぐに探しに行き、その後は見つかってホッとしていたのであまり気にしませんでしたが……これまでの行動を考えると、あれは本当に事故だったのでしょうか？

もしかして、お母さんはわざとエマを……。

『――ロッティー、ごめんね……？　エマ、だいじょうぶ……』

『えっ？』

『わがままいわないから……おこらないで……』

私はいつの間にか考えにふけてしまっていたようです。

エマが不安そうにして私を見ているのは、表情や態度に何かしら出してしまっていたのかもしれません。

『何も怒ってないよ』

私は笑顔を作りながら、エマの頭を優しく撫でます。

妹を怯えさせるなんて、姉失格です。

たとえお母さんが私たちのことを嫌いになっていても、私はめげません。

この子は、私と明人君で育てるのですから。

明人君がいてくださる限り、何も不安はないのです。

『今日のお昼ご飯、ハンバーグ作ってあげるね？』

『ハンバーグ!?　わーい！』

ハンバーグと聞くと、エマの表情はたちまち笑顔になりました。

こんな単純な手でご機嫌取りをして情けないですが、暗い表情をさせるよりはマシです。

その後、私は朝ご飯を作り、エマと仲良く食べるのでした。

◆

『――ロッティー、おでかけ……！』

お昼ご飯にハンバーグを食べたエマは、すっかりご機嫌になっていました。

きちんと外出用の服にもお着替えをし、準備万端です。

『今日は岡山駅の辺に行ってみよっか？』

『おにいちゃんといったところ？』

『そうだよ。お店屋さんがいっぱいあるからね』

岡山駅は、駅なのにお店屋さんが沢山あります。

そして駅を出ますと、明人君と一緒に行った大きなショッピングモールや、デパート、他にも沢山お店屋さんがありますので、岡山市に住む学生さんはよく岡山駅周辺に遊びに行くそうです。

アニメグッズなどを専門に扱うお店屋さんもあるそうですから、今日はそちらにも行ってみたいと思います。


同人誌も、一度通販ではなくて、お店屋さんで直に買ってみたいですしね。


こうして、私たちは岡山駅に足を運びました。

もちろん、目立たないように帽子や伊達眼鏡を用意して、カモフラージュもバッチリです。

すると――。

「あれ!?　シャーロットさんだ……！」

清水さんに出会ってしまいました。

学生さんがよく遊びに来られるとは聞いていましたが、まさか本当にお友達と鉢合わせすることがあるとは思いませんでした。

「なになに、岡山駅とか来たりするんだ？」

清水さんはとても嬉しそうに――そして、興味深げに私を見てきます。

腕の中にいるエマはそれが嫌だったのか、顔を私の胸に押し付けてきました。

「あまり来たことはないのですが、せっかくなので来てみました。清水さんは、お友達とですか？」

「そうなの。恵と遊ぼうってなって来たんだ。梓は、男とデートっていうから、裏切り者～って言って、送り出しておいた」

清水さんは冗談めかしながら楽しそうに話してくださいます。

先程名前が上がったお二人は、前に私の歓迎会をしてくださった時に同じテーブルだった、桐山さんと荒澤さんのことですね。

「桐山さんはどちらに？」

「聞いてよ！　あの子ったらね、信じられないのよ！」

いらっしゃるなら挨拶をしておこうと思ったのですが、私が桐山さんのことに触れた瞬間、清水さんがグイッと顔を近付けてきました。

あれ……？

私、何か地雷踏んじゃいました……？

「ど、どうされたのですか……？」

「約束した電車に乗ってこないからおかしいと思って連絡したら、寝坊したって言うんだよ……！　信じられる!?」

「えっ、もうお昼過ぎていらっしゃるのにですか……？」

「あの子、平気で昼まで寝たりするからね……。それにしても、友達と遊びに行く約束をしてるのに、普通寝坊するかって思うんだけど……！」

「あはは……桐山さん、マイペースなところがありますもんね……」

「ハッキリ言っていいよ、おバカだって」

さすがにそんなことは言えません。

結構天然な御方だな、と思うことは度々ありますが。

「それで、先に着いて待っていらっしゃると？」

「うんうん。来たら、地下で売ってるアップルパイでも奢らせようかなって。沢山」

「あはは、お手柔らかにしてあげてくださいね……」

さすがに沢山というのは冗談でしょうけれど、清水さんの場合本気でやりかねないところもありますので、微妙な線ですね。

それにしても、地下でアップルパイを売っているのですか。

エマに買ってあげたら喜ぶかもしれませんね。

地下に限らず一階にも二階にもいろいろと売っているようですし、見て回りたいです。

「それはそうと、シャーロットさん、あまり人が多いところ苦手かなって思ってたんだけど、こういうところも来るんだったら誘ったらよかったね」

私を誘ってなかったことを気にされたのかもしれません。

清水さんは笑顔で申し訳なさそうに言ってこられました。

「あっ、いえ……苦手ではありますね……」

学校でもよく視線を向けられるからといって、ジロジロと見られることに慣れたりはしません。

やはり、嫌なものです。

ただ、そう思っていることを表に出さないだけで。

ですから今も帽子や眼鏡を使って、なるべく目立たないようにしているのです。

それでも、視線は向けられてしまいますが……。

「それにエマの面倒もありますので、あまり遊びには行けないかもです……」

「そっか、それじゃあ仕方ないね。まぁそれに、今は時間があるなら青柳君と一緒にいたいもんね？」

清水さんはニマニマとして私を見てきます。

そのせいで、私はカァーッと顔が熱くなりました。

清水さん、いじわるです。

「あれ？　そういえば、青柳君いないんだね？　彼、一人暮らししてるし、シャーロットさんも親がほとんど帰ってこないって言ってたから、いつも一緒にいると思ってたんだけど？」

もう清水さんの中では完全に明人君と私はセットになっているようで、意外そうにされました。

確かに、出会ってからというもの、明人君と一緒にいることがほとんどなので否定はできませんが……。

「今日は東雲さんと二人で遊びに行かれてるんです。兄妹水入らずで」

「えっ、それまじ……？」

何か問題があったでしょうか？

清水さんは険しい表情をされました。

「はい、本当ですが……？」

「いや、シャーロットさん。兄妹だから大丈夫って思ってるかもしれないけど、二人は高校に入るまで会ったことがないんだよ？　つまり、血が繋がってるだけで、普通の男女と何も変わらないの」

「えっ……？」

「東雲さんの懐きようなんて、異常なんだから。いくら実の兄だとわかっても、ほとんど関わりがなかった同級生にあそこまでベッタリとはならないよ？」

「で、ですが、お二人は兄妹として接しておられますし……」

「そんなの、心の中でどう思ってるかなんてわからないじゃん。青柳君はともかく、東雲さんは恋愛感情を抱いていてもおかしくないよ？」

「え、ええ!?」

私は思わず大きな声で驚いてしまいます。

そのせいで周りにいた方たちの視線が全て集まり、私たちは慌てて場所を移しました。

「し、東雲さんに限ってそんな……」

「東雲さんは、前髪で目を隠していて、周りにうまく馴染めないおとなしい女の子って感じじゃん？　自分がそんな女の子になったと思って想像してみなよ？　自分の味方になってくれる良き理解者の男子が現れたとしたら、絶対特別に思うでしょ？」

「そ、それはそうですが……でも、お二人は兄妹で……」

「会って一、二年の相手を実の兄妹だと認識するほうが難しいって」

確かに……言われてみますと、そうなのかもしれません……。

私も、いきなりお兄さんが現れたとして、受け入れられるかと言いますと、難しいと思います……。

「よし、青柳君たちの後をつけよう」

「そ、それって、尾行ですか……!?」

「私、東雲さんとほとんど関わりなかったから、あまり信用してないんだよね。いい子なのかもしれないけど、目を隠してたりするし、やっぱり関わったことないとその辺の信用は持てないんだ」

「で、ですが、明人君が浮気なんてこと……」

まさか、誠実な彼に限って、そんな……。

「彼はしないだろうね。でも、浮気以前にシャーロットさんってヤキモチ焼きだし、嫉妬深いでしょ？　変にこじれる前に、ハッキリとさせておいたほうがいいと思うよ？」

「……はい？　わ、私が、嫉妬深い、ですか……？」

「自覚してなかったの？」

清水さんは意外そうに私を見てきます。

い、いえ、自覚はしていましたが……周りから見てわかるレベルなのでしょうか……？

というよりも、清水さんに心配されるレベルなのですか……？

「そこまでですか……？」

「だって、青柳君と東雲さんがシャーロットさん抜きでご飯食べに行ってた頃、明らかにヤキモチ焼いてたし、他の女子が青柳君に話しかけるだけで不安そうにしてたじゃん？　他にも、学校で青柳君との関係を公にしたのって、一緒にいたいっていう理由だけじゃなくて、青柳君は自分のものだってアピールして、女子たちを遠ざけたかったんでしょ？」

す、全て見抜かれています……。

やはり清水さん、ちょっと怖いです……。

「てか、シャーロットさんって告白の件でも思ってたけど、意外とずるいよね？　青柳君に東雲さんと兄妹になるよう進言したのも、シャーロットさんだって話じゃん？　それって私からすると、ライバルポジションになりそうだった東雲さんを妹キャラにすることで、青柳君が恋愛対象として見ないようにしたとしか思えないんだよね。その辺、どうなの？」

清水さんはニコッと笑みを浮かべて、私に聞いてきました。

こ、これは……もしかして、怒っているのでしょうか……？

「え、えっと、その……」

「あっ、勘違いしないでね。別に、怒ったり失望してるわけじゃないから。ちょっと気になったというか、そういった人間らしい部分があると、親近感が湧くから聞いてるだけだよ」

「し、親近感が湧くのですか……？」

清水さんの言葉が意外で、私はつい聞いてしまいます。

「だってシャーロットさんってさ、超絶美少女ってだけじゃなく、勉強もできる上に凄く優しいいい子でしょ？　そんな漫画やアニメの中でしかいなさそうな人が現実にいると、高嶺の花います。

冗談めかして笑いながら言う清水さんに対し、私はついツッコミを入れてしまいます。

漫画やアニメに出てきそうと思われるのは嬉しいですが、やっぱり崇められるのは違うと思います。


「でも、本当にそうだよ。男子たちが告白できなかったのも、そういうのがあるんだと思う。だからさ、人並以上にヤキモチを焼いたり少しずるいくらいが、いいぐらいだよ。嫉妬に関しては、青柳君からすると嬉しいだろうしね」

「それは……明人君も、嬉しいって言ってくださっていました……」

私が嫉妬していると知った彼は、優しい笑顔でそう言ってくださったのです。

本当に、とても優しい御方だと思いました。

「そりゃあそうだよ。嫉妬してくれてるってことは、自分のことを好きになってくれてる証拠だからね。ましてや、学校のマドンナ？　アイドル？　に嫉妬してもらえてるなんて、男として光栄でしょ」

「別に、マドンナでもアイドルでもないですが……」

「彼氏できただけで学校中が大騒ぎするなんて、もはやアイドルでしょ」

私が否定しますと、清水さんは呆れたように笑ってしまわれました。

過ぎて崇めちゃいそうになるよ」

「そんな、神様でもないのに……!?」

何言ってんの、とでも言いたそうな表情です。

「まっ、そういうことで必ずしも悪いというわけじゃないよ」

「ですから、東雲さんにも危機感を持って嫉妬しろということですか……？」

「ううん、違う。向こうは私たちが来ると思ってないから、どういうふうに接してるかを見ることができるでしょ？　それで、今後東雲さんに危機感を抱いたほうがいいのか判断できると思うの。ということで、恵には今日のこと中止って連絡したから行こうよ。どうせシャーロットさんのことだから、行き場所聞いてるんでしょ？」

彼女はササッとスマホを操作した後、笑顔で言ってきました。

行動するのがお早いです。

私が青柳君の行き場所を聞いているのも、わかっていたようですね……。

「まぁでも、やっぱり見つけるのは苦労するかな～」

「あっ、それでしたら、ＧＰＳで明人君の居場所はわかりますね」

「……ちなみにだけど、それを入れようって提案したのは？」

口が滑ってしまったと思った私は、思わず視線を逸らしてしまいます。

「……わ、私です……」

私の答えを聞いた清水さんは、仕方なさそうに笑ってしまわれました。

その後、明人君たちがいらっしゃる地域の切符を買い、いつの間にか寝ているエマを連れて改札口をくぐろうとしますと――見覚えのある少女が、改札口から出てこられました。

「うわっ……」

黒髪ツインテールの彼女は、私に気が付いてあからさまに嫌そうな顔をされました。

しかし、私の周囲を見て彼がいなかったからか、何事もなかったように頭を下げて私の隣を通ろうとします。

そんな彼女を捕まえたのは、清水さんでした。

「待ちなよ。先輩にあからさまに嫌そうな顔をするなんて、失礼じゃない？」

「あの、清水さん……私は別に……」

私のために怒ってくださるのは嬉しいのですが、ここで彼女と喧嘩をしてもいいことなんてありません。

ですから止めようとしたのですが、清水さんは首を左右に振ってしまわれます。

「この子でしょ、火に油を注いでくれた香坂さんって。私、中学時代に見たことがあるし」

「失礼しました、早とちりで嫌な顔をしたことは認めます。では、離して頂けますか？」

香坂さんは、目を細めながら清水さんの顔を見据えます。

早とちりということは、おそらく私がいることで明人君が近くにいるのだと思ったのでしょう。

しかし彼はいなかったから、何事もなかったかのようにいなくなろうとしてたんだと思います。

「ねぇ、青柳君や西園寺君と同じ中学校ってことは、私たちの高校まで少なくとも電車で片道一時間はかかるよね？　どうして、わざわざ私たちの高校を選んだの？」

清水さんはいったい何をお聞きしたいのか、香坂さんの腕を離した後、試すような目で彼女を見つめ始めました。

「答える筋合いはありませんね」

「うちの学校は進学校で偏差値も高いけど、だからといって、遠くからわざわざ通うほどの学校ではないんだよね。メリットがあるとすれば、特別推薦(すいせん)を貰(もら)えるかもしれないってことだけど——数年に一人貰えるかどうかもわからないもののために、わざわざ遠くから来るとは思えないのよねぇ？」

「何が言いたいんですか？　というか、私、先輩に突っかかられるほどのことを何かしましたでしょうか？」

清水さんは穏やかな口調ではありますけど、喧嘩腰に突っかかっているように見えます。

香坂さんの疑問も当然のことでしょう。

彼女がしたことに関係あるのは明人君と私であって、清水さんに直接何かをしたわけではないのですから。

しかし、清水さんは明らかに不機嫌な様子で口を開かれます。

「気に入らないのよ。せっかくうまく行き始めたってところで、余計なことをしてくれたあんたのことがね。今まで青柳君に声をかける勇気もなかったくせに、何彼女ができたからってムキになって突っかかってきてるの？　あんたのせいで、青柳君の中学時代のことが蒸し返されてるってわかってる？」

「それは……」

清水さんに責められ、香坂さんはバツが悪そうに視線を逸らしてしまいます。

それだけで、彼女がわざとやったのではないとわかりました。

「清水さん、落ち着いてください。香坂さんにも悪気があったわけではないようですし」

「どうしてこんな子を庇(かば)うの？　西園寺君から何も聞かなかった？　この香坂って子はね、中学時代に青柳君を追い詰めた一人なのよ？　それなのに、何ノコノコ彼を追って同じ高校に来てるのかって話でしょ？」

確かに、食堂で西園寺君はそのようなことをおっしゃられておりました。

何より、西園寺君が香坂さんに接する態度は、明らかにおかしかったです。

ですが、明人君がいらっしゃらない場で私たちが言い争いをするのは、やはり違うと思いました。

「香坂さん、一つだけお聞かせください。あなたは、明人君のことがお嫌いなのですか？」

「………はい、そうですよ。私は、明人先輩のことが嫌いです」

私がした質問に対し、香坂さんは数秒間を置いて答えてくださいました。

間があったのはきっと、彼女が本心でおっしゃったわけではないからだと思います。

清水さんがおっしゃられた、明人君を追いかけて私たちの高校にこられたということも踏まえますと、おそらく彼女は――。

「あのさ、そういう思わせぶりな態度は――」

「清水さん、やめましょう。不毛なことです」

「シャーロットさん……本当に、それでいいの……？」

清水さんは心配そうに私のことを見てきます。

今彼女が怒った態度を取っているのも、私のためなんだということはわかっています。

そして、香坂さんの件をこのまま見過ごすことは、私のためにはならないでしょう。

ですが、自分たちがスッキリするために誰かを追い詰めるやり方は、違うと思いました。

それでは、明人君を追い詰めた人たちと何も変わりません。

「私は明人君を信じていますので」

清水さんを納得させられる言葉なんて、それくらいでしょう。

これ以上は良くないと思ってくださったのか、清水さんは仕方なさそうに溜息を吐かれました。

ですから、私は香坂さんに向き直ります。

「中学時代のことに関して、当事者でない私にはあなたが何に対して怒っているのかはわかりません。ですが、これだけは断言できます。明人君は自分の意思で、誰かを裏切ったり傷つけたりはしません。彼のことを信じてあげてください」

私は、中学時代彼の身に何が起きたかを、既に知っています。

しかし、聞いていなくても私は彼を信じました。

中学時代に会ったことがなくても、今までの彼を見ていればわかるからです。

彼は決して、自分の欲のために誰かを陥れたりはしません。

「……そんなの、あなたに言われなくても知ってます……。だから、許せないんじゃないですか……」

「香坂さん……？」

「ベネット先輩のおっしゃられることはわかりました。お休みに邪魔をしてすみません。失礼します」

「あっ、香坂さん……！」

彼女はペコリと私たちに頭を下げると、そのまま走り去ってしまいました。

その際に彼女が見せた表情――涙を目の端に溜めた、悔しそうな表情が私の脳裏に焼き付いてしまいます。

根拠はありませんが……多分彼女が怒っている理由は、他の方々とは違う気がしました。

「ごめん、余計なことしちゃったね」

香坂さんがいなくなられたからか、清水さんが申し訳なさそうに謝ってこられました。

「いえ、私たちのために言ってくださっていたので、とても嬉しかったです。ただ、やはり争いごとはやめておきましょう。彼女にも、事情はおありなのですし」

「うん、わかってる。ごめんね。それじゃあ、ちょっと時間使っちゃったけど、青柳君たちのもとに行ってみよっか」

この後の私たちは、明人君がいる香川県に向かいました。

そして——エマみたいに甘える東雲さんと、優しく甘やかす明人君を目撃してしまい、私は思わずヤキモチを焼いてしまいます。

そうしていると寝ていたエマが目を覚まし、明人君のことを呼んでしまったことで全てを察した彼は、仕方なさそうにしながらも優しく私のことを甘やかしてくれたのでした。

第六章 「美少女留学生は勝ってほしい」

「――いよいよですね」

本日は、十一月最後の平日。

待ちに待った、球技大会の日なのです。

エマは既に保育園に預けており、今は私と明人君の二人きりの時間です。

「やれることはやったつもりだけど、あとはうまくいくことを祈るしかないね」

「明人君なら大丈夫です。とてもお上手なのですから」

今日まで、明人君はしっかりとトレーニングを積んで体を鍛え直し、サッカーの練習も頑張られておりました。

普段スポーツ観戦をしないのではっきりとはわかりませんが、それでもとても上手だと思います。

少なくとも、普段体育をされているサッカーの感じですと、明人君の活躍は間違いないと思いました。

ですが――。

「だといいけどね……」

彼は、何か不安があるようです。

自信家ではないので大口を叩いたりはされませんが、この様子は自信がないのではなく、何か引っかかることがあるのかもしれません。

「西園寺君とは別のチームでも、同じクラスということで決勝までは当たりませんよね？」

「あぁ、そうだね。俺としては、できるだけ早く当たりたいところだけど……こればかりは、仕方ないよね」

「もしかして、そのことが不安に……？」

明人君ができるだけ早く当たりたい理由はわかりませんが、この言い方ですと、決勝で当たるのが嫌なのかと思いました。

しかし、彼は首を左右に振ってしまいます。

どうやら違うようです。

「そういえば、シャーロットさんたちって朝一から試合だったよね？」

「はい、そうですよ？」

「俺たちの初戦はちょうどシャーロットさんたちが終わった頃だし、もしよかったら応援に来てくれないかな？　できるだけ、女子たちも連れてきてくれると助かる」

えっ、他の子たちも……？

私は彼女ですから、もちろん明人君の応援をしに行くつもりでした。

ですが、どうして他の女の子たちまで……？

明人君、もしかして……。

「むぅ……」

「――っ!? ど、どうして頬を膨らませてるの……？」

「女の子にチヤホヤされたいのですか……？」

「なっ!?」

ギョッとした表情で、明人君は私の顔を見てこられました。

予想外の言葉だったようです。

「違うよ！　シャーロットさんがいるのに、そんなこと考えるわけないじゃないか！」

「では、どうしてですか？」

「それは……」

「やっぱり、チヤホヤされたくて……？」

明人君が言い淀んでしまったので、私はそう疑ってしまいます。

すると、彼は困ったように頬を指でかいて、口を開かれました。

「女の子であるシャーロットさんに、言葉で納得してもらえるとは思えないんだけど……」

「一応、言って頂きたいです……」

「う〜ん……まぁ、男子って単純だからさ、女子がいるだけで絶対に勝ちたいって頑張るんだよ。だから、俺がやりやすくなる感じかな」

なるほど、そういうことでしたら……。

「わかりました、清水（しみず）さんたちにお願いしてみます」

「ありがとう」

明人君がホッとした笑みを浮かべられたので、その後は雑談をしながら学校を目指すのでした。

そして、いざ球技大会が始まりますと——。

「ご、ごめんなさい……。私のせいで負けてしまって……」

なんと、私たちのチームは初戦で負けてしまいました。

接戦だったのですが、私のミスにより二点差で負けてしまったのです。

「ううん、仕方ないよ。それに、シャーロットさんかわいかったし」

「うんうん！　リングと全然違うところにシュートしたり、敵にパスしたりと、おっちょこちょいって感じでかわいかった！」

「本当にごめんなさい……」

清水さんと桐山（きりやま）さんに対し、私は再度謝ります。

私がシュートしたボールは入るどころか、リングにさえ当たりませんでした。

ましてや、味方だと思ってパスした相手が敵だったり、ドリブルしようと思ったら足に当たったりと、悲惨なものだったのです。

それでも接戦を演じることができたのは、清水さんがとても上手だったからでした。

「こら、恵。シャーロットさんを追い詰めないの」

「褒めてるじゃん!?　というか、言い出したの有紗ちゃんなのに……！」

桐山さんは頬を膨らませて抗議をされますが、清水さんは特に気にしていないようです。

「それじゃあ、みんなを連れて男子の応援に行こっか。他の三チームはまだ試合あるだろうから、これる人だけって感じかな」

女子は五人ずつ、四チームできています。

負けたのは私たちのチームだけですから、大人数ではやはりいけないようですね。

「ありがとうございます、清水さん」

「いいよ、青柳君には勝ってもらわないと困るしさ」

清水さんはニコッと優しい笑みを私に向けてくださいます。

ちょっと怖いところもありますが、やはり彼女は優しいのです。

「というか、普通に勝つんじゃない？　青柳君って中学時代、全国で注目されるような選手だったんでしょ？」

「まぁ、いくらサッカーがチームスポーツとはいえ、青柳君ほどの実力差があれば普通はね。ただ……」

「何か気になることがあるのですか？」

桐山さんの言葉に何か思うことがあるような表情を清水さんがされたので、私は思わず聞いてしまいます。

「まぁ、見てればわかるよ。人って、厄介な生き物だってことが」

「……？」

私は清水さんの言葉が気になるものの、あまり話していますと明人君の試合に遅れてしまいますので、皆さんを連れてグラウンドに出ました。

すると、明人君たちの試合がちょうど始まるところだったようです。

「ほらほら、シャーロットさん。愛しの彼氏に声援を送らないと」

「き、桐山さん!?　し、しかし……」

突如桐山さんに冷やかされてしまい、私の顔がカァーッと熱くなります。

確かに応援に来たのですが……愛しのとか言われてしまうと、その……。

「今はやめときなよ、なるべく周りを刺激しないほうがいいから」

「清水さん……？」

「応援するのは、試合が始まってからね。今シャーロットさんが青柳君を応援したら、嫉妬した馬鹿たちが何するかわからないよ」

清水さんの表情は、いつになく真剣なものでした。

冗談ではなく、本気で忠告してくださっているようです。

「有紗ちゃん、こわい……」

「怯えないでよ、怒ってるわけじゃないんだから。とにかく、青柳君のことを思うなら、なるべく周りのことは刺激しないほうがいいよ」

「はい……」

どうやらこの試合、私が思っているほど簡単なものではないようです。

明人君……大丈夫でしょうか……。

試合は、相手ボールからの始まりのようです。

チームの人数の関係上、お互い十一人ではなく、十人ずつでプレーをしています。

相手は4-2-3という、ディフェンスにしっかりと人数を割きながらも、攻撃にも人数をかけているバランスのいいフォーメーションのようです。

中盤を薄くしているということは、ロングパスなどを利用するつもりなのかもしれません。

明人君たちのほうは、4-2-1-2という、ディフェンダーを四人、ボランチを二人、トップ下に一人、トップに二人という形です。

そんな中明人君のポジションは、本来のポジションであるトップ下ではなく、サイドバックになっていました。

「このフォーメーションは、明人君の指示なのでしょうか……？」

「違うよ」

私が疑問を口にしますと、清水さんが即答で否定してしまいました。

「あの前にいる三人、全員サッカー部でしょ？　自分たち三人で点を取ってやるから、他の奴等はゴールを固めてろっていうフォーメーションだよ、これ」

清水さんは機嫌悪そうに目を細めながら、そう教えてくださいます。

どうやら明人君主体ではなく、サッカー部の方々を主体に組まれた陣形のようですね。

サッカー部を中心にフォーメーションを考えられるのは当然だと思いますが、明人君を蔑ろにするのは違うと思いました。

「そういえば、シャーロットさんってサッカーわかるんだっけ？」

「スポーツ中継はあまり見たことありませんが、漫画で知識はバッチリです……！」

「おぉ……なんか、目をキラキラさせてる……」

私の答えを聞いた清水さんは、ちょっと戸惑っているようでした。

なぜでしょう？

「まぁ、わかるならいいや。青柳君がサイドバックに行かされてるでしょ？　本来彼の力を考えるなら、トップ下に据えるべきなの。それなのにサイドバックをさせてるってことは、青柳君に活躍するなって言ってるんだよね」

「え、ええ!?　そんなこと……だって、明人君に任せれば勝てる可能性がグンッと上がりますのに……」

「人間、そう単純な生き物じゃないよ。公式戦ならともかく、学校の球技大会なら青柳君の力がなくても自分たちだけの力で勝てる、と思って除け者にしたんでしょうね。ほら、青柳君が折角後ろから走って前にフォロー行ってるのに、青柳君にパスを出そうとしない」

確かに、清水さんの言う通り、明人君は手を挙げてパスを要求しています。

それなのに、ボールを持っているサッカー部の人は、別の方にパスをしてしまいました。

それにより、相手に取られてカウンターをされてしまいます。

「明人君にボールが渡らない状態で……こちらが勝てる可能性ってどれくらいあるのでしょうか……?」

「う～ん、二割くらい?」

「低くないですか!?」

最低でも五割はあると思っていましたのに、清水さんの辛辣な言葉に驚いてしまいます。

「こっちにサッカー部がいるように、向こうにもサッカー部が三人いるんだよね。ましてや、相手は三年生な上に、ゴールキーパーとセンターバックの一人は元スタメンなの。引退してるとはいえ、ベンチ入りもしてないうちのサッカー部三人じゃ、そうそう点は取れないよ。それに、サッカー部以外はもう一つのチームに入れなかった、運動神経があまり良くない子たちだからね。三年生のほうが総合的に上だよ」

「そんな……」

それでは、明人君にボールが回らない以上、勝てないということですか……。

おそらく勝てる確率が二割あるというのは、サッカー部じゃない人たちのほうが多いので、予想していないことが起こりやすいという意味だとは思いますが……。

そう私たちが話していますと、明人君は前にフォローに行くのをやめたようです。

味方がボールを持っている時でも、後ろに残ってしまうようになりました。

「諦めたのかな？」

一緒に観戦していた桐山さんが、小首を傾げながらそんなことを聞いてきます。

視線を向けると、応援に来てくださっている女の子の皆さんは、心配そうな表情をしておられました。

いつの間にか東雲さんも私の近くにこられており、ギュッと祈るようにして胸の前で指を組んでいます。

「違うと思います。明人君は、勝負を投げるような人ではありませんので」

「うん、そうだね。彼が無策なはずないと思う。何かしらの手は打ってるんじゃないかな？」

サッカー選手としての明人君のことは、私よりも清水さんのほうが知っておられます。

そんな彼女も、私と同じように明人君を信じているようです。

そのまま試合は進んでいくのですが、清水さんが予想された通り、こちらのオフェンスはことごとく相手に止められてしまいます。

そして、カウンターを受けるのですが——自陣に留まっている明人君が止めに行かれるのかと思いきや、彼は自分のポジション以上に動こうとはしません。

下手に動くと陣形が崩れてそこを突かれると思っていらっしゃるのか、それとも別の理由なのか——。

明人君サイドで展開すると明人君が止めてしまうので、相手は逆サイドを使って攻めるようになりました。

すると、何度もカウンターを喰らっていた明人君のチームは——。

「あぁ!?　決められちゃった!?」

相手チームに、先制を許してしまいます。

「何してるの、このままだと負けちゃうよ！」

「サッカー部、ちゃんとボール回して！」

「三年生相手にビビるなぁ！」

勝ってほしいという気持ちが強いからでしょう。

応援に来ていた女の子たちは、野次を飛ばしてしまいます。

それにより、男の子たちは委縮してしまっているように見えました。

完全な、悪循環です。

「先制されても青柳君は動かない、か……。いったいどうするつもりなんだろ？」

皆さんが冷静さを欠いている中、清水さんだけは落ち着いた様子で、明人君を見ておられます。

肝心の彼は、この状況に焦りを抱いているようではありませんでした。

むしろ、織り込み済み――そんなふうにも見えます。

「明人君なら、大丈夫です。絶対に何か策があるはずなので」

「――随分と、信頼されているんですね？」

「えっ？」

突如声がしたほうを見ますと、香坂さんが他の子に頭を下げて私の隣を譲ってもらっていました。

まさか、彼女から近付いてくるとは思いませんでした。

それにより清水さんが嫌そうな顔をするのですが、もう突っかかる気はないようです。

「香坂さん、おはようございます」

「おはようございます。ベネット先輩って、三ヵ月ほど前にこの学校にこられたばかりですよね？　どうしてそんなに、明人先輩のことを信頼されているのですか？」

明人君のことを知っているからでしょう。

出会って二ヵ月足らずで付き合った私たちのことを、疑っているようです。

「彼に沢山助けて頂いたので、信頼をしているのですよ」

「……先輩、困ってる人を放っておけませんもんね」

彼女はそれだけ言いますと、何事もなかったかのように視線をグラウンドへと向けます。

疑っているわけではなかったのでしょうか……？

「ベネット先輩がおっしゃられている通り、このままでは終わらないでしょう。仮にも、曲者ばかりいたサッカー部をまとめ上げ、中国大会を制した人ですからね。クラスメイトくらい、掌の上で転がすのも容易でしょう」

「曲者揃い、だったのですか……？」

私は香坂さんの言葉が気になり、つい聞いてしまいます。

すると彼女は、小首を傾げながら蔑むような目で私を見てきました。

「彼女なのに、何も聞いてないんですね」

「うっ……」

「冗談です、あの人が気軽に過去を話さないのは知っていますから」

どうやら、蔑んだ目を向けてきたことに関して、冗談だと言っているようです。

それよりも、なんですか。

彼女の私に対して、自分のほうがわかっているというようなアピールは。

さすがの私も、ちょっとムッとしちゃいます。

「香坂さん、シャーロットさんを煽りに来たならどっかに行ってくれない？」

私がムッとしたことに気付いたのでしょう。

清水さんが香坂さんを追い払おうとしてくれます。

しかし——。

「別に、そんなつもりはないのですが……」

香坂さんに、悪気があったわけではないようです。

素で言ってしまっていたようですね。

余計にタチが悪い気がしますが、無自覚なら仕方ありません。

ええ、無自覚なアピールだったのでしたら、仕方ないでしょう。

「シャーロットさん、無理に納得しなくてもいいと思うけど……？」

「大丈夫です、何も怒っていませんので」

心配そうに見てこられた清水さんに対し、私は笑顔を返します。

これくらい、些細なことです。

「えっと……すみません……」

香坂さんは戸惑いながらも、私に頭を下げてこられます。

こうして見ていてわかりますが、悪い子ではないのでしょう。

ですから明人君も、彼女を庇い続けるんだと思います。

「本当に怒っていませんので、気にしないでください」

「ありがとうございます。その……お詫びとしてはあれなんですが、明人先輩の代とその下の代は、集められた人たちだったんですよ」

私に申し訳ないと思っていらっしゃるようで、香坂さんは過去について話してくださいました。

集められた、ということがちょっと気になってしまいます。

「青柳君たちの中学って公立だよね？　集めるとか、そんなことできるの？」

どうやら気になったのは清水さんも同じようで、香坂さんにそのことを質問されます。

「私も当時は小学生でしたから、先輩方から聞いた話になるのですが……学校側ではなく、個人で――姫柊先輩という、私の二つ上の先輩が集められていました」

姫柊先輩……その名を聞いて、私は思わず胸がギュッと締め付けられます。

偶然の一致とは思えません。

明人君を嵌めた姫柊財閥の方が、生徒としてもいたということですか。

彼がお世話になっていたというのは、その姫柊先輩という御方なのでしょう。

「ちなみにですが、その方って男性ですか？」

「えっ、女性ですけど……」

「………」

香坂さんが戸惑いながら答えてくださいますと、清水さんが《うわぁ……》と言いたげな感じで、顔を手で押さえながら天を見上げてしまいました。

そうですか、女性なのですか。

本当に、明人君は女性の繋がりが多いですね。

「おかわいいですか？」

「シャ、シャーロットさん……？　もうその辺で……」

「ふふ、どうされたのですか、清水さん？　何か問題でもありますでしょうか？」

「う、ううん！　ない！　ないね！」

私が笑顔を向けながら小首を傾げますと、清水さんは慌てて首を左右に振られました。

おかしいですね、怯える必要は何もないと思いますが。

「や、大和撫子のような方、でしたね……」

そして、香坂さんもなぜか数歩後ずさりながら、若干怯えたように答えてくださいました。

ふふ、大和撫子さんですか。

本当にもう、明人君は仕方がない人ですね。

「こ、香坂さん、今は応援しないとだし、この話はもうやめよっか……！」

清水さんはニコッと笑みを香坂さんに向けられます。

それにより、香坂さんはコクコクと一生懸命頷かれました。

「――あっ、ま、まずいよ！　また大人数で攻めてきてる……！」

話していた私たちは、桐山さんの声によりハッとしてグラウンドを見ます。

すると、相手陣でボールが奪われており、キーパーとセンターバック二人を残した状態で、七人もの選手が明人君たちのゴールを狙って走りだしておりました。

残り時間は五分ほどで、ここで点を入れられるのは致命傷です。

ですから相手は、試合を決めにきたのでしょう。

「ここ絶対死守だよ！　サッカー部三人は、フォアチェックで守備が整う時間を稼いで！」

今まで静観していた清水さんが、大きな声をあげてグラウンドの選手に声をかけます。

時間がない状態で負けていたこともあり、明人君ともう二人の方がゴール前に残っているだけで、他の皆さんは相手の陣に入ってしまっていました。

そのため、戻る時間を稼がなければ、数で負けてゴールを決められてしまいます。

しかし、清水さんの声は届いておられないのか、それとも無視をされたのかはわかりませんが、サッカー部三人はボールを持っている相手選手につかず、自陣へと走って戻っています。

そのせいでフリーになった相手選手から、ロングパスが放たれたのですが――。

「――っ」

明人君がいつの間にか自陣ゴールの前から飛び出しており、まるでそこにパスが来るのをわかっていたかのように、相手選手のパスをカットしてしまいました。

「フォワード、上がってくれ！」

そして、この試合初めて声をあげます。

――しかし、その声に応える方はいません。

まだ、明人君のことを除け者にするつもりのようです。

その間にも、敵選手はボールを奪おうと明人君に把になってかかってきます。

それを彼は――ボールを体の一部として扱っているかのように、自由自在に操ってあっさりと躱してしまいました。

「仮にも、中国大会を優勝したチームのトップ下を任されていた人ですよ？　素人が何人かかろうと、あの人は止められません」

明人君のドリブルを見て、香坂さんはドヤ顔をしておられました。

やっぱり、なんだかんだ言って明人君のことが好きなんじゃないですか。

明人君はサッカー部の三人を一瞥すると、ゴールに向けて一人ドリブルをしていきます。

現在相手守備は手薄な状態。

この決定的なチャンスを仕留められなければ、明人君たちのチームに勝ちはないでしょう。

「くそが……！　青柳にばかりいい格好をさせるわけにはいかねぇぞ！」

「サッカーをやめた奴に、サッカー部が負けてられるかよ！」

明人君のドリブルに触発されたのかもしれません。

先程は応えなかったサッカー部の三人ですが、全力でゴールを目指して走りだしました。

すると、逆に明人君はなぜかドリブルのペースを落とします。

まるで、時間を稼いでいるかのように。

そうすれば当然、相手にも追いつかれてしまい——明人君の前に、二人のディフェンダーが立ちはだかります。

明人君は華麗なタッチでボールをキープするものの、ディフェンダー二人を抜けないのか、前に進めません。

「あぁ、もう何してるの青柳君！　時間ないんだから、抜けないならパス出して！」

もたついているように見えた青柳君に対して、桐山さんが文句を言いました。

それに対して、香坂さんが溜息を吐きます。

「はぁ……どこを見ているんですか。あんなふうに余裕でキープしていて、抜けないはずがないでしょ。あれ、わざとですよ」

「えっ？」

「だね。今青柳君が時間を稼いだおかげで、攻撃の駒が揃った」

清水さんの言葉で気が付きましたが、ゴール前にサッカー部三人が着いたようです。

「でも、相手守備も整っちゃってるよ!?　あのまま攻められるんだったら、待たずに攻めてたほうがよくない!?」

桐山さんの疑問ももっともです。

味方がゴール前に着く時間を稼いでしまったことで、相手守備が戻る時間も稼いでしまっているのです。

これでは、容易に点を取れません。

決定的なチャンスを潰してまで、明人君は何かをしたいようです。

「示すためですよ、自分の価値を」

「そして、自分がどんなふうにチームに貢献するのか、をだね」

香坂さんと清水さんは明人君の狙いがわかっているようで、二人してドヤ顔をしています。

悔しいです。

彼女である私が、一番彼を理解していたいのに。

それなのに、彼女たちのほうがよっぽど、サッカー選手としての明人君を理解されております。

「――あっ、青柳君が動いた……！」

桐山さんが声をあげたように、明人君はドリブルで二人抜き去り、ゴールへと迫ります。

すると、センターバックで元スタメンだったというサッカー部の先輩が、明人君を止めに行こうとします。

先輩がマークしていたサッカー部のフォワードの子には、別の人がマークにつこうとするのですが、その入れ替わりの一瞬を明人君は見逃しませんでした。

先輩が走り出した直後に、マークが外れたフォワードの足元へとパスを出したのです。

「ま、まじかよ……！」

フォワードの選手は、あまりにもドンピシャなパスに驚きつつも、ダイレクトでそのボールを蹴(け)ります。

すると、なぜかゴールキーパーは反対側の選手に気を取られていたようで、反応が遅れてシュートが決まってしまいました。

「決まった決まった！　シャーロットさん、同点だよ！」

「は、はい……！　ですが、相手のゴールキーパーさんの動き、なんだか変じゃなかったですか……？」

はしゃいでいる女の子たちを横目に、私はそのことが気になってしまいます。

すると、その答えを香坂さんが教えてくださいました。

「ドリブルで抜く直前、反対側のフォワードの人に、明人先輩が手で指示を出していたんですよ。マークを振り払えって。だから、一瞬フリーになったフォワードの方にゴールキーパーは釣られ、新たにフリーになったフォワードの方に反応できなかったんです」

「自分が抜けばあのセンターバックの先輩が止めに来るとわかっているからこそ、ああやって囮を作ったんだろうね。フリーにしてキーパーの意表も衝いた状況を、青柳君は作りだしたんだよ」

「す、凄いです……。でも、サッカー部の方はどうして明人君の言うことを聞いて……？」

「理屈じゃないよ、本能だね。咄嗟に青柳君から指示が出て、反射的に体が動いたんだと思うよ」

「何よりあの人が本気で出した時の指示って、威圧感がありますからね。あんなのを不意に喰らったら、体が勝手に指示通り動いてしまうんだと思います」

本当に、二人はよくわかっておられます。

私は、そんな二人が羨ましくて仕方がありませんでした。

「とはいえ、残り二、三分かな？　同点だとＰＫ戦になるけど、そうなるとこっちが不利だよね」

「ええ、明人先輩が確実に一本を決めるとはいえ、素人キーパーと経験者のキーパーでは、やはりこちらが不利でしょう」

……清水さんと香坂さん、気が付けば仲良くなっていますね……？

サッカー好き同士で気が合うのでしょうか……？

「でも、心配はいらないでしょう。見てください、明人先輩が他の先輩たちに声をかけています」

香坂さんのおっしゃられている通り、明人君はメンバーを集めたようです。

私は、耳に意識を集中させます。

《――なんだよ、青柳。さっきは確かにお前のおかげでゴールを決められたが、俺らはお前の指示に従わねぇぞ？》

《俺を嫌ってるのはわかってるし、君たちがそうしたいっていうのを止める資格はないんだけど――女子たちに、いいところを見せたくないか？》

《それは……》

《俺なら、皆を活躍させてチームを勝たせることができるよ》

《そう言って、自分が目立とうとするんじゃないのか？》

《約束する、俺はゴールを決めにいかず、アシストに徹するよ。だから、俺に力を貸してくれないか？》

「シャーロットさん、青柳君たち何言ってるの？」

私が耳を澄ませていることに、清水さんはお気付きになられたようです。

そのため声をかけてこられたのですが、そんな清水さんに対して香坂さんが呆れた表情をされました。

「何言っているんですか、この距離で聞こえるはずがないでしょ？」

「明人君がゴールを決めにいかずアシストに徹するから、皆さんに力を貸してほしいとお願いされていますね」

「聞こえてるんですか⁉　この距離で⁉」

普通の人だとこの距離では聞こえないので、香坂さんは驚いたように私の顔を見てきます。

驚いているお顔が、なんだかかわいらしいと思ってしまいました。

「青柳君のさっきのプレーが、その意思表示だよね。一人で突っ込んでも十分決められたというか、むしろ決めやすかったのに、他の子たちが来るのを待ってゴールをアシストした。それがあるからこそ、青柳君が嘘を言ってないと他の人たちにも伝わってるんじゃない？」

「そうなんだと思います。皆さん、明人君の言葉に賛同されたようなので」

明人君のチームの方々は、彼に対して頷（うなず）いた後、散り散りになってポジションにつかれました。

なんだかんだ言って、皆さん負けたくないのでしょう。

負けるくらいなら、明人君に頼るほうがマシなんだと思います。

その上で、自分たちを活躍させてくれるのであれば、彼らにとってはメリットしかありません。

だから彼らは、明人君に従ったのでしょう。

明人君はポジションを変更されるようで、トップ下に行かれました。

フォーメーションを4-2-1-2から、3-2-2-2に変えられたようです。

「やっとチームになったってところだけど、残り少ししかないのにここからもう一点かぁ」

清水さんは眉を顰めながら、グラウンドを見つめてしまいます。

実際一点を取るのにどれだけ時間が必要か、などはわかりませんが、ここまで一点しか入らなかったことを見るに、そう簡単に点が入ったりはしないのでしょう。

しかし、ここからは明人君が本格的に攻撃に参加されますので、きっとゴールを奪ってくださるはずです。

「残り時間が少ない、ですか……」

「香坂さん？　何か引っかかることがありますか？」

彼女が口元に指を当てて何かを考えておられたので、私は尋ねてみます。

すると、彼女はまたドヤ顔を浮かべられました。

「キックオフ後、明人先輩チームのフォワード二人が相手ゴール前まで走り出したら——きっと、あれをやりますね。普通の試合なら使える場面はほとんどありませんが、素人が多いこの試合なら、うってつけです」

「……清水さん、わかります？」

香坂さんが一人わかったように納得をされていましたので、私は清水さんに尋ねてみます。

しかし彼女は首を左右に振り、私に耳打ちをしてきました。

「というか、この子って青柳君に怒ってるんじゃなかったっけ？　なんで得意げなの？」

「まぁそれは……ご愛嬌（あいきょう）ということで……」

それを香坂さんに指摘してしまうのは可哀想（かわいそう）なので、私は触れないようにしていました。

香坂さん、前に明人君のことを嫌いとおっしゃられていたのに、どう見ても逆にしか見えませんからね……。

そんな話をしていますと、三年生の先輩方がキックオフをして、試合が再開しました。

香坂さんがおっしゃられた通り、フォワードの二人は三年生の先輩方と入れ替わるように前へと上がっていきます。

先輩方はその行動に戸惑い、明人君はその一瞬の躊躇（ちゅうちょ）を見逃さずにボールを奪いました。

「青柳君、がんばれ〜！」

「そのままゴール決めて〜！」

明人君がボールを持ちますと、クラスの女の子たちが盛り上がり始めました。

彼が勝ち越しゴールを決めるのを、期待しているようです。

明人君は女の子たちの期待に応えるように、迫りくる相手をドリブルで躱（かわ）していきます。

そして、ゴールまで二十メートルくらいある場所まで行くと——突然、シュートを打ちました。

そのボールは、大きく揺れながらゴールの右端へと飛んでいきます。

「ブ、ブレ玉……!?」

相手ゴールキーパーの方は、飛んできたボールに対してギョッとしていました。

そして摑むのではなく、慌ててパンチで弾きます。

すると――。

「青柳、ドンピシャだ……！」

なぜか、味方のフォワードの方が、ボールが飛んだ方向に既にいました。

「ブレ玉は、下手に取ろうとしたら取り損ねちゃいますからね。ああやって弾くのがセオリーなんです。ですから明人先輩は右上を狙うことで、キーパーが弾く方向を絞らせたんですよ」

私が疑問を抱いていることに気付かれたのか、それとも解説をしたかったのかはわかりませんが、香坂さんがドヤ顔で教えてくださいました。

先程私が清水さんと香坂さんと話している時、明人君がフォワードの彼に何かを言っているのは見えていましたが、これを狙っていたようです。

彼はそのままゴールの左下を狙い、ボールはネットに刺さりました。

「逆転！　逆転だよ！」

「凄い凄い！　本当に逆転しちゃった！」

「やっぱり、青柳君に任せれば勝てるんだよ！」

2対1になり、残り時間も一分くらいでしょう。

明人君たちの勝ちはほぼ決まり、応援の皆さんははしゃいでおられました。

しかし、明人君をはじめとした試合に出ている方たちはまだ気を抜いておられず、全員攻撃というとんでもないことをしてきた三年生に対応をします。

そしてその猛攻を凌ぎ――なんとか勝利を手にしたのでした。

「とりあえず一安心だね、シャーロットさん」

「清水さん……はい、応援ありがとうございました」

私は笑顔で清水さんにお礼を言い、応援に来てくださった女の子たちを見ます。

「皆さんも、応援をして頂きありがとうございました」

「シャーロットさんもこっち側だと思うんだけど!?」

「なんかお礼言われると、照れちゃうね」

「ふふ、皆さんの応援のおかげで明人君たちも勝てたんだと思いますので、つい」

男の子たちが明人君に従った理由の一つには、彼女たちにかっこいいところを見せたいというのがありました。

ですから、明人君も彼女たちを連れてきてほしいと、私にお願いしてきたんだと思います。

今は一勝しただけで、まだまだ優勝するためには試合がありますから、彼女たちには引き続き応援をして頂きたいところです。

「男子の皆さんが頑張られて掴んだ勝利ですので、労ってあげてくださいね」

「シャーロットさん、やっさし～！」

「私たちよりも、シャーロットさんに男子たちは労ってほしいと思うけどね」

「あはは、違いない」

女の子たちは楽しそうに雑談をしており、ここ最近あったピリピリとした雰囲気は感じられませんでした。

私はそのことにホッと息を吐き、今度は香坂さんを見ます。

しかし――。

「あれ、香坂さんはどちらに……？」

いつの間にか、彼女は姿をくらましていました。

「青柳君たちがこっちに来るだろうからね、逃げたんだと思うよ」

「なるほど……。香坂さん、悪い子には見えないのですけどね……」

「シャーロットさんから見たら、みんな善人でしょ？」

「さすがに、善悪くらいはわかりますよ……！」

仕方なさそうに笑う清水さんに対して、私は思わず抗議してしまいます。

私、そんなに抜けているように見えるのでしょうか……？

「ごめんごめん、拗ねないで。そんなことよりも、ほら。愛しの青柳君が来たよ？」

「清水さん、からかわないでください……！」

私は再度抗議をしますが、清水さんは気にしていないようです。

そして、本当に明人君が来てしまわれました。

「応援、ありがとうね」

「あっ、いえ……その、とてもかっこよかったです……」

お礼を言ってくださった明人君に対し、私は思ったことを素直に伝えました。

すると、明人君は照れくさそうに頬(ほお)を指でかき、ニコッと笑った後、周囲を見回し始めました。

「そういえば、試合中ずっと香坂さんがいたようだけど、大丈夫だった？」

明人君はやはり視野が広いようで、香坂さんがいらっしゃったことに気付いておられたようです。

「はい、大丈夫でしたよ。サッカーのことを教えてくださったりしていました」

「香坂さんが、そんなことを……」

明人君は意外そうな表情を浮かべ、何かを考えるように口元に手を添えます。

優しい笑顔も素敵ですが、真剣な表情もかっこいいです。

「青柳君、かっこよかった……！」

明人君のことを見つめていますと、東雲さんが嬉しそうに近寄ってこられました。

お兄さんが活躍されて嬉しいのでしょう。

もしかしたら、他の女の子たちも来るかもしれません。

そう思ったのですが、そちらは清水さんが止めてくださっているようでした。

このまま明人君がチヤホヤされてしまっては、せっかくまとめたチームが元通りです。

いいえ、結局明人君しかいい思いをしないと思われてしまい、もう皆さん言うことを聞いてくれなくなるでしょう。

ですから、止めてくださった清水さんに感謝です。

その後明人君は東雲さんとお話しされ、一人でどこかに行ってしまわれました。

その様子を見ていた私は、ふと疑問に思います。

「明人君……見せないようにしてましたが、疲れておられたのでは……?」

せっかく勝ったのに水を差したくはありませんが……明人君が無理しているように見え、私は不安になってしまうのでした。

◆

「――いっけぇ、男子！　そのまま決めろ～！」

「みんな、スペース活かして～！」

準決勝。

またもや三年生と当たった明人君たちは、現在３－０とリードをしておりました。

三点全て、明人君のアシストによるものです。

そんな明人君ですが、彼は三点目が入るとボランチの位置に下がられ、今は相手の攻撃をいち早く摘む仕事をしているようです。

おかげで守備も安定しており――終始優勢だった明人君たちは、試合終了のホイッスルにより決勝に駒を進めました。

「まぁ、当然の結果ですね」

明人君たちの勝利を隣で見ておられた香坂さんは、ドヤ顔で踵を返します。

彼女はこれまでの試合全て、始まると私の隣に来ては、終わった途端こうして去っていくのです。

かわいらしいのでいいのですが、少し心配になってきました。

「あの子さ、友達いないいんじゃない？」

そんな私の心配を、清水さんが言葉にしてしまいます。

「し、清水さん、聞こえたら傷ついてしまいますよ……!?」

「だって、シャーロットさんの隣にばかり来るから、一緒に見る友達いないのかなって」

清水さんは容赦なく、可哀想なことを言ってしまいます。

確かに私も同じことを思っていましたが、たとえ事実であろうと、言っていいことと悪いことがあると思うのです。

「まぁいいや。それよりも、決勝はやっぱり青柳君対西園寺君かぁ」

明人君を中心にこちらのチームが勝ち上がったように、西園寺君のチームも、彼が全て得点をあげることで勝ち上がっていました。

奇しくも、球技大会男子決勝は、二年D組同士の戦いになったのです。

「清水さんの目から見て、明人君と西園寺君、どちらに分がありますか？」

「ん～、正直言うと、総合力では圧倒的に西園寺君のチームのほうが上だからね。サッカー部のレギュラーが二人いるし、他のメンバーも運動神経がいい子たちばかりだからさ」

チーム決めの時、サッカー部は半々に分かれないといけないという学校ルールがありましたので、レギュラーの方々が西園寺君のチームに行ってしまいました。

そしてより確実に勝てるように、運動神経がいい方たちも西園寺君のほうに集まっているのです。

西園寺君のチームに入れば勝ちやすいというのはわかるのですが、やはりこの偏ったチーム分けには思うところがあります。

ですが、花澤先生がそのことに関して何も言わなかったのは、きっとわざとでしょう。

この圧倒的不利な状況で勝ってこそ意味がある、あの先生ならそう考えていられるように思えました。

「ましてや、青柳君にはブランクの他に一つ不安要素がある。できることなら、西園寺君と早めに当たっておきたかっただろうね」

「その不安要素って、もしかして体力ですか……？」

「気付いてたんだ？　そう、青柳君は中二の時にサッカーをやめてるから、体力がかなり落ちてるんだよ。なるべく体力が消耗するのを抑えていたようだけど、既に四試合してるからね。その上、青柳君がマークにつく相手は西園寺君だろうし、体力はいくらあっても足りないよ。その上、西園寺君たちのほうが一試合少ないし」

全クラス二チームずつ作っておられますので、チーム数は二十四でした。

そのため、トーナメントを作る関係上八チームはシードになっており、くじ引きで西園寺君たちはその枠を得ていたのです。

一試合違うだけで、体力は結構変わってくるでしょう。

その上明人君の相手は、全体的に見ると強い方々ばかりでした。

シードが決まった後は先生方の話し合いで組み合わせを決定されたようですが、わざと明人君たちに強いところをぶつけていたようにしか思えません。

「そもそも相性はともかく、ブランクがある状態で、ユースで活躍しているあの西園寺君を止められるかどうかってところもあるし、ハッキリ言って分は悪いだろうね」

「……明人君なら、大丈夫です」

「シャーロットさん……」

私の顔を見た清水さんは、意外そうに私の顔を見てきます。

そして、ニコッと笑みを浮かべました。

「そうだね、彼ならやってのけると思うよ」

その後、十分の休憩を挟んで、いよいよ決勝戦が始まることになりました。

既に女子のほうの決勝戦は終わっており、グラウンドには体育祭のように全校生徒が集まっております。

周囲から聞こえてくる声によると、ここまでの戦いのおかげで、女の子たちからの明人君の評価はかなり上がっているようです。

しかし、やはり男子の方々からは酷い声が聞こえてきていました。

彼を見直すかどうか――それは、皆さんが注目されている西園寺君に、どれだけ彼がやれるかということにかかっていそうです。

「きゃあ、青柳先輩、がんばってくださぁい！」

「応援していまぁす！」

……それはそうと、明人君。

女の子のファンをこれ以上増やすのは、やめて頂けませんか……？

「――明人先輩、ボランチに下がってますね」

皆さんがポジションにつかれますと、いつの間にか隣に来ていた香坂さんが不満そうに指摘されました。

「最初から守備重視って感じだね。点の取り合いだと体力的にも不利だと思って、西園寺君の得点を抑えるつもりじゃない？」

「…………」

清水さんの言葉に対し、香坂さんは不満そうな表情を見せます。

明人君には、西園寺君相手に正ポジションで戦ってほしかったのかもしれません。

そんなことを私たちが思っている間に、試合は西園寺君サイドのボールでスタートします。

「上がれ上がれ～！　ロングパスは明人にインターセプトされるから、細かく繋いでいけ！」

西園寺君はリーダーとして指示を出しながら、一人ゴールに向かって走り出します。

その後ろでは、パスを細かく繋ぎながら攻撃陣が明人君たちに迫っていました。

そんな中、すぐに明人君が西園寺君のマークにつきます。

しかし、ピッタリとはりつくマークではなく、ある程度の距離を取った状態でマークしているようです。

「西園寺先輩にピッタリくっついたとしても、振り切られてしまいますからね。その一瞬でゴールを決めてしまう人なので、ああやって絶妙に距離を取り、インターセプトを狙うのがいいんです」

「でも、距離を取っていても、振り切られてしまうのでは……？」

「見てください。先程から西園寺先輩は明人先輩を振り切ろうとしていますが、位置が変わるだけで距離間は変わっていないでしょ？　離れてるからこそ、相手の全体的な動きが見えていますので、相手の動きを先読みして振り切られないんです」

「それに、西園寺君サイドにも一つネックなことがあるのよね」

「それはなんですか？」

清水さんがニヤッと笑みを浮かべられたので、私はその理由を尋ねてみます。

ですが、彼女は首を左右に振って教えてくださいませんでした。

もったいぶる方ばかりです。

「見てればわかるよ。青柳君の勝算も、そこだろうから」

「…………」

いじわるな二人に私は若干頬を膨らませながら、明人君たちを見つめます。

西園寺君も明人君もボールを持っていないのに、まるで二人が中心かのようにピッチ上の選手たちは二人の動きを気にしていました。

何より、明人君は西園寺君をマークしながらも全体を見回しているようで、ディフェンス陣に指示を飛ばしています。

それにより、相手選手たちはやりづらそうでした。

「なんか、あの二人の雰囲気、凄いね……」

「うん、あそこだけ異様な迫力があるよ……」

膠着状態ともいえるお互いが牽制している中、周りからは意外な声が聞こえてきました。

二人とは、明人君と西園寺君のことでしょう。

全員が真剣にやっていることは間違いないのですが、マークを振り切ろうとしている西園寺君に、絶対逃がさないと言わんばかりに距離を保ち続ける明人君。

二人の集中力は、まだ始まったばかりというのに周りを惹きつけるほどに凄いものでした。

何より、明人君に負けないように、西園寺君も指示を飛ばしています。

それによって、オフェンス陣もなんとかボールをキープしているようです。

「青柳君にとってこれは、凄くきついね……」

「えっ……？」

まだ西園寺君側がボールをキープしていると、清水さんがボソッと呟かれました。

きつい、とは……？

見た感じですと、互角のように見えますが……。

「西園寺先輩がまだ序盤にもかかわらず、ひたすらマークを振り切る動きを続けているんですよ。普通なら、決定機の時にしかマークを振り切る動きはしません」

「それなのに、しているということは……？」

「青柳君のスタミナを、削り切るつもりなんだよ。彼さえ潰せば、実質勝ったようなものだからね」

「ええ、明人先輩でなければ西園寺先輩の動きについていけれません。西園寺先輩の動きを熟知し、先読みできる先輩でさえ、距離を保って牽制するのが精一杯なんですからね。他の人なら、一瞬で振り切られて終わりです」

確かに、これまでの試合西園寺君はハットトリックどころか、5点、6点を決めていたりもします。

彼がフリーになれば、その決定力が明人君たちを襲うことでしょう。

「西園寺君サイドが無理に攻めないのもそれが理由だね。ボールをキープし続けることで、青柳君に西園寺君をマークさせ続けているんだよ」

「西園寺君……なりふり構わず勝ちにきてるって感じですね……」

明人君がなんのためにこの試合に臨んでいるのか、それは西園寺君もわかっています。

それでも、絶対に勝たせないと言っているように私には見えました。

「……当たり前のことですが、普段おちゃらけていても、西園寺先輩にだってプライドがあります」

「あの人は少し特殊ですが、それでも世代別代表の候補として注目されるくらいには、ユースで活躍している人なんですよ。そんな人が、いくら親友とはいえ、サッカーをやめた相手に負けたくはないでしょう」

「そうだね。何より、大好きなサッカーで手は抜きたくないと思うよ。それに、西園寺君が全力で勝ちにいってるからこそ、青柳君だって本気でやれてるんだし」

清水さんがおっしゃられている通り、西園寺君が気を遣うような素振りをすれば、明人君は勝ちにいかなくなるでしょう。

そんなので勝っても意味がない、と思われるんじゃないでしょうか。

むしろ、西園寺君に気を遣わせたことを悔やみさえすると思います。

それに、彼らが本気でやっているからこそ、観客の私たちは惹きつけられるのです。

明人君の目的を達成するためにも、本気の西園寺君を倒さないといけないのでしょう。

そのまま試合は、明人君たちの防戦一方で進みます。

ひたすら、西園寺君たちが攻めているという感じです。

しかし――未だに、西園寺君がペナルティエリア付近でボールを持つことはありませんでした。

何度か西園寺君にパスは出たものの、明人君が全てインターセプトしているのです。

「香坂さん……？」

「明人君、凄い……」

素人目（しろうとめ）の私からは、防戦一方とはいえあの西園寺君を完璧（かんぺき）に抑えているように見えました。

いくら中学時代名を馳（は）せていたとしても、三年ものブランクがある状態でユースで活躍する西園寺君を抑え続けるのは、どう考えても凄いと思います。

私と同じ印象を抱いている方々は他にもいらっしゃり、ところどころから明人君を称賛する声が男女問わず聞こえてきていました。

「ねぇねぇ、シャーロットさん」

明人君と西園寺君たちの攻防を眺めていますと、桐山さんが話しかけてこられました。

その表情は、どこか嬉しそうです。

「どうされました？」

「青柳君、西園寺君と互角ってことは、今からでもプロ目指せるんじゃないの？」

「恵、あんたまた空気を読まないことを……」

「ええ!?　なんで有紗ちゃん、冷たい目を向けてくるの!?」

清水さんが呆（あき）れた表情をされると、桐山さんは慌てて私の背中に隠れてしまいました。

私を盾に使うのはやめて頂きたいのですが……。

「この試合、確かに明人先輩が互角に渡り合っていますが、西園寺先輩はご自身の力を半分も発揮できていませんよ？」

「えっ、どういうこと⁉」

「香坂さんも、空気を読まないことを……」

今度は香坂さんに対して、清水さんは頭が痛そうにされます。

それにより香坂さんはムッとするのですが、続けて口を開かれました。

「西園寺先輩は、自分でボールを持っていくのではなく、マークを振り切って決定的なチャンスを作り、ゴールを奪うタイプのフォワードです。しかし、彼のほしい場所にパスを出せるパサーが、あのチームにはいないんですよ」

「サッカー部のレギュラーの子がいるのに……？」

「西園寺先輩を活かすには、彼の動きを見逃さない視野の広さと、ドンピシャなところに出せるコントロールが必要なんですよ。そんなことができる人、私は明人先輩や、世代別代表に選ばれているような人たちしか知らないです」

清水さんが言っていたネックとは、このことなのかもしれません。

西園寺君がほしいところに出せるパサーがいない限り、彼の力が発揮されない。

そうなれば、ブランクがある明人君でも止められるのでしょう。

「それに、西園寺先輩のことを知り尽くしてるからこそ、明人先輩はほぼ完璧な先読みができているんです。他の選手に同じようにできるかと聞かれれば、いくら先輩でも不可能ですよ。ですから、ここで接戦を演じているからといって、今の明人先輩がユースで通じるかどうかは話が別です」

「……ねえ、シャーロットさん。この子、友達いないでしょ……？」

「き、桐山さん……！」

言いたいことがわからないわけではないですが、本人がいるところで言うのはさすがにどうなのでしょう!?

香坂さん、少し落ち込んじゃったじゃないですか……！

「とはいっても、やっぱり西園寺君相手にあれだけ接戦を演じてる青柳君は凄いよ。見ていても、レベルが高い試合でしょ？」

清水さんはフォローされるように、笑顔で話を変えてくださいました。

彼女のおっしゃられている通り、とても学校の球技大会とは思えないような試合が目の前で繰り広げられています。

西園寺君が本領を発揮できていないとはいえ、この試合が凄いことには変わりないのです。

しかし——時間は、刻一刻と過ぎていきます。

決勝戦だけは同点の場合でも延長戦があると聞いていますが、この膠着した状態が続くのであれば、延長後のＰＫ戦にまでいってしまうでしょう。

西園寺君も明人君も、ＰＫ戦を狙うとは思えませんが……。

「——あっ、西園寺君が動いた……！」

それは、残り時間三分ほどに迫った時でした。

西園寺君が急に自陣に戻る動きを見せ、味方からのパスを受けたのです。

そしてそのボールを味方に預けるのではなく、彼自らドリブル突破をはかっているようでした。

「青柳君の足が疲労で止まりだしたところで、逆にドリブル突破……!?」

「明人先輩の意表を衝いたんです！　裏をかかれたんですよ！」

明人君は西園寺君が自陣に戻る動きを見せた時、反応が遅れたようでした。

そのため、フリーな状態で彼にボールを持たせてしまったのです。

「彰……！」

「明人、これが最初で最後の勝負だ……！」

ドリブルをしている西園寺君を、明人君が止めにいきます。

この試合初めて見る、二人の真っ向勝負です。

「西園寺君がペナルティエリア外からドリブルするところ、ユースの試合でも滅多に見たことがないよ……!?」

「中学時代の西園寺先輩は、決定力は凄いものの、ドリブルは正直県レベルでした。ですが、当然ユースに入ってからは……」

「苦手が苦手なままで、プロになんかなれるかよ……！」

西園寺君はフェイントを交えながら、左右にボールを大きく振ります。

明人君と同じように、自由自在にボールを扱っているようでした。

しかし、明人君はフェイントに釣られません。

俊敏な様子で左右に動き、絶対に抜かせないように道を塞いでいました。

しっかりと西園寺君とボールを目で捉えているようです。

「す、凄い……青柳君、とんでもないプレッシャーを放ってる……」

「ええ、離れているところからでもわかります。パスのことはいっさい考えておらず、ドリブルを止めることだけに全集中していますね。あのディフェンスは、トップ選手だってそう簡単に抜けません」

サッカーや明人君たちのことをよく知っておられる、清水さんや香坂さんがおっしゃられているのならそうなのでしょう。

実際、西園寺君も手を焼いているようです。

――ですが、この膠着はいつまでも続きませんでした。

「くっ……！」

「あ、明人君……!?」

突然のことでした。

明人君の膝が、いきなりガクッと折れてしまい、彼の体勢が崩れたのです。

「やっぱり、足にきてたんだ……！」

「先輩……！」

皆さんが驚かれる中、西園寺君は明人君を躱し、ゴールに迫ります。

しかし——まるでそこに来るのがわかっていたかのように、サッカー部の二人が西園寺君の前に立ちはだかりました。


「なにっ……!?」

「悪いな、彰。俺の勝ちだ」

西園寺君が躊躇した直後、彼の斜め後ろから明人君が現れ、一瞬にしてボールを奪ってしまいました。

いったい何が起きたのか——西園寺君はもちろんのこと、観客である私たちも理解が追いつきません。

「あのヘルプの速さ、青柳君はわざと抜かせたってこと……!?」

「でもそれだけでしたら、視野が広くてピッチを俯瞰して見られる西園寺先輩は、ヘルプが来たことに気が付いていたはずです……！　それなのに気が付かなかったのは、おそらく——明人先輩がかけていたプレッシャーにより、周りが見られなくなっていたんじゃないですか

「……!?」

気を抜けば、明人君にボールを取られるという状況でした。

ですから、西園寺君は普段以上に周りを見られていなかった、ということでしょうか……？

明人君はご自身がドリブルをするのではなく、もう一人のトップ下の方にボールを預けて、俊足を飛ばしながら相手ゴールを目指しています。

それに呼応するように、味方の方々が上がっていきます。

「明人、俺のマークを振り切れると思うなよ……！」

ボールを取られて動揺をしていた西園寺君ですが、すぐに明人君に追いついてしまいます。

足の速さだけなら、体育祭の時見た限りではほぼ互角だったでしょう。

しかし、残り体力の差で出せる速度が違うようです。

「明人君、がんばってください!!」

私は、つい大きな声で応援してしまいます。

ここの一本を決めなければ、延長まで明人君たちにチャンスはないでしょう。

「なぁ、彰……」

「なんだ!?」

「俺には、延長を戦う体力は残ってない……。ここで、決めさせてもらうよ……」

明人君は踏ん張り、加速していきます。

ですが、西園寺君を引き離すことはできていません。

「明人君……！」

私は胸の前で組んでいた指に、ギュッと力をこめます。

「大丈夫です、あの人は《ピッチ上の支配者》の異名を持つ人なんですから。動き出した時点で、勝利の方程式ができているんですよ」

「香坂さん……」

「どれだけ疲弊（ひへい）していても、あの人が負ける姿は私には想像できません」

香坂さんはニコッと私に笑顔を向けてくださいます。

きっと、安心させようとしてくれたのでしょう。

そんな彼女に、私は——。

「なんですか、そのかっこいい呼び名は!?」

異名について、思わず聞いてしまいました。

「えっ……？」

私が興奮してしまうと、香坂さんが戸惑ったように私の顔を見てきました。

何言ってるんだこの人、とでも言いたげな顔です。

「二人とも、馬鹿なこと言ってないで青柳君にボールが渡るよ！」

「ば、馬鹿ってなんですか!?　私、事実しか言ってませんよ……！」

清水さんに対して香坂さんが怒りますが、ピッチの上では明人君と西園寺君がペナルティエリアに入るところでした。

ボールは細かくパスによって繋がれています。

そして、オーバーラップをしたサイドバックの方に渡り、彼は明人君に目掛けてパスを出しました。

しかし——。

「あっ、ずれてる……！」

明人君に届くはずのボールは、走っている彼の数歩先を行く角度でした。

「打たせないぞ、明人……！」

西園寺君が、明人君より一歩先に出ます。

このままでは、西園寺君にボールを取られてしまうでしょう。

「明人君、がんばって!!」

「——っ！」

私が大きな声を出しますと、明人君はスライディングをされました。

西園寺君より先にボールを取るようです。

「その体勢じゃ、シュートは打てないだろ!?」

「俺はストライカーじゃない。ストライカーが決めるために、ゲームを作るのが俺の役目なんだよ」

いったいどうされるつもりなのか。

ボールへと先に追いついた明人君は、スライディング体勢のまま、右足を使って斜め右後ろへとボールを蹴りました。

そこには——フリーになっている、味方のフォワードがいたのです。

「しまった!?」

ここにパスが出るなど、相手は予想していなかったのでしょう。

西園寺君が気付いた時にはもう遅く、フォワードの方は遮るものがない状態で、ダイレクトシュートされました。

それにより、ボールがネットに刺さったのです。

「き、決まった！　決まったよ！」

「これで守り切れば、青柳君たちの勝ちだね……！」

同じクラスとはいえ、今回の一件的に女の子たちは皆、明人君を応援してくれていたようです。

それだけではなく、二人の攻防に対して大きな拍手が送られました。

「明人、最初からお前は……」

「約束したからな、俺はゴールを狙わずにアシストに徹するって」

「くそ、やられた……。だけど、一分もあれば同点にできる！」

観客の皆さんはもうこれで試合が決まったと思われましたが、西園寺君をはじめとしたピッチに立っている方々は誰一人として諦めていません。

また、怒濤の攻撃が明人君たちを襲っているのです。

「――いえ、勝敗は決しました。西園寺先輩に合わせられるパサーがいない以上、明人先輩の守りから点を奪うことはできませんよ」

香坂さんはそう言うと、背を向けて去っていきます。

私はなんだか、その背中が寂しそうに見えました。

――ピッピピィイイイイ！

球技大会男子決勝戦。

明人君と西園寺君を中心に繰り広げられた戦いは、花澤先生が吹かれるホイッスルによって幕を閉じました。

「やった、やったぜ！」

「俺たちが、あの西園寺を倒した！」

勝った明人君のチームは、とても大はしゃぎをしています。

聞いた話によると、昨年は西園寺君と明人君が組んでいたそうですが、西園寺君一人で圧倒的な実力差を見せつけて優勝してしまったのだとか。

そんな彼に勝てたことが、皆嬉しかったようです。

「シャーロットさん、行ってあげなよ」

「えっ、ですが……」

「いいから、みんなの前で青柳君のことを労って（ねぎらって）あげたらいいんだよ」

清水さんは優しい表情で私の背中を押されます。

そんなお言葉に甘えて、私は明人君に目掛けて走りだしたのでした。

第七章

「美少女留学生は取られたくない」

「まさか、本当に負けるとはな……」

試合を終えて周りが騒いでいる中、彰(あきら)がなんともいえない表情で笑いながら俺に手を伸ばしてきた。

俺は力が入らず地面に座り込んでいたので、ありがたく彰の手を借りる。

「実力を発揮できてなかった彰に勝っても、勝ったとは思っていないさ」

「いや、どんな時にでもチームを勝たせないといけないのが、エースストライカーだ。どうして俺が未だに代表に選ばれないのか、今日の試合でわかった気がする」

彰は決定力だけなら、全国トップレベルだろう。

しかし、ドリブルスキルがまだまだ世界で通じるレベルじゃない。

今所属しているチームのように彰に合わせられるパサーがいなければ、正直勝ち抜くのは厳しいはずだ。

だけど、代表ともなれば彰を活(い)かせるトップ下ばかりだろう。

それなのに招集されないのは、総合面で劣ることを気にされているのかもしれない。

その辺は代表監督の考え次第なので、俺には何も言えない。

ただ俺は、既に彰は代表になれるだけの実力があると思っている。

「彰なら代表になれるって信じてるよ。頑張れ」

「あぁ……。なぁ、明人（あきひと）」

「ん？」

「今日試合をしてみて思った。やっぱり、お前はサッカーをしたほうがいい。もう一度、一緒のチームでやらないか？」

彰は、真剣な表情で俺の顔を見てくる。

冗談や軽い気持ちで言っているわけではないのだろう。

だけど、俺は——。

「悪いな、もうサッカーをやるつもりはないんだ」

「それは、罪の意識からか？」

「……確かに、少し前まではその気持ちがあった。だけど、今はちゃんと前を向いているから別の理由だよ。サッカーよりも、大切にしたいものができたんだ。サッカーに全てを懸（か）ける気がないのに、プロは目指せないよ」

俺にとって今一番大切なのは、シャーロットさんとエマちゃんだ。

彼女たちとの時間を、他のものに使う気はない。

それにサッカーをするなら、自分でやるよりもエマちゃんを育ててみたいと思った。

あの子のほうが、俺よりも断然才能と素質がある。

「そっか、それじゃあ仕方ないな」

彰は少し寂しそうに笑いながらも、俺の気持ちをわかってくれたようだ。

「悪いな」

「いいさ。それよりも、周りを見てみろよ」

彰に言われて、俺たちを囲むように見ていた生徒たちに視線を向ける。

すると――。

「青柳(あおやぎ)君、西園寺(さいおんじ)君、かっこよかったよ……！」

「優勝おめでとう、みんなかっこよかった！」

「今まで嫌な奴だと思ってたけど、少し見直したぜ！」

「球技大会とは思えないくらい、いい試合だったぞ！」

「青柳先輩、私と付き合ってくださ～い！」

驚くほどに、いろんなところから俺たちに対する肯定的な言葉が飛んできていた。

どうやら、俺に対する皆の評価を変えることはできたようだ。

なんだかまずい言葉も混ざっていた気がするが、それは聞こえなかったことにしておこう。

そんなふうに周りの声に驚いていると、慣れ親しんだ銀髪の美少女がこちらに駆け寄ってくるのが見えた。

「邪魔はしないよ、また後でな」

そして入れ替わるように、彰が去っていく。

いや、うん……。

まさか、こんな大勢の中で彼女を受け止めろと……？

「明人君……！」

「わっ、シャーロットさん……！」

恥ずかしがり屋なはずの彼女は、俺の胸に飛び込んできた。

みんなの前で大胆なことをするものだ。

「かっこよかったです……。とても、かっこよかったです……」

「シャーロットさん、俺汗で汚いから……」

「気にしませんよ、そんなこと。私だってエマと同じで――ううん、エマ以上に明人君のことが大好きなのですから」

そう言って彼女は、俺の体に回していた腕にギュッと力を込める。

おかげで、周りからは冷やかしの声が聞こえてきた。

だけど、嫌な声はあまり聞こえてこない。

どちらかというと、祝福ムードのようだ。

「ありがとう、俺も大好きだよ」

シャーロットさんにだけ聞こえるように小さい声で、俺は彼女の耳元で囁いた。

するとくすぐったかったのか、彼女はビクッと体を小さく跳ねさせたけれど、これくらいは許してもらいたい。

全校生徒の前で抱き合っているから、俺も凄く恥ずかしいのだ。

「あ～、うん。お前たち、いちゃつくのは時と場所を選べ」

シャーロットさんと何十秒抱き合った頃だろうか。

美優先生が、とても呆れた表情で注意をしてきた。

それにより、シャーロットさんが恥ずかしそうにバッと俺から離れる。

「全校生徒の前でいちゃついたのって、お前らが初めてなんじゃないか？」

「ほんとほんと、シャーロットさん大胆なんだから」

「清水さん!?　私を押したのって清水さんですよね!?」

「私は労っておいでって言っただけで、抱き合えなんて言ってないも～ん」

清水さんはニヤニヤとしながら、ソッポを向いてしまう。

完全にわかってやっている顔だ、これは。

おかげでシャーロットさんが恥ずかしそうに、俺の腕に自分の顔を押し付けてくる。

「まぁとにかく、よくやった青柳。さすがに全校生徒が認めるような虫のいい話はないが、ほとんどの奴がお前のことを見直したようだ」

それは、聞こえてくる冷やかしの声からもわかる。

今までなら、罵詈雑言が飛んできただろうに、今となっては温かい言葉ばかりだ。

それだけ、印象によってかけられる言葉は違うのだろう。

「さて、このまま終わってもいいのだが――どうせ注目を集めているんだ。もう一押しあってもいいかもしれないな？」

いったい何を考えたのか、美優先生はニヤッと悪そうな笑みを浮かべて俺たちのことを見てくる。

すると、シャーロットさんがいきなり俺の手を摑んできた。

そして、俺たちを見ていた生徒たちに視線を向ける。

「あの、皆さん……！　聞いてください……！」

彼女が大きな声でそう言うと、騒がしかったグラウンドがシーンと静まり返った。

いったい何を言うつもりなのか……。

俺もわからず、シャーロットさんを見つめることしかできない。

「学校内で、いろいろと言われているのはわかっています！　納得できないという方がいても仕方がないことなのかもしれません！　ですが、明人君はとても優しくて素敵な人で、努力家なんです！　私は、そんな彼のことが大好きなので、私たちのことを認めて頂きたいです！」

「シャ、シャーロットさん……」

「お願いします!!」

戸惑う俺をよそに、シャーロットさんは深く頭を下げる。

そのため、俺も同じようにして頭を下げた。

すると――。

パチパチパチパチ！

大きな拍手が、グラウンドを包み込む。

どうやら、俺たちの関係を皆認めてくれるようだ。

それどころか――。

「シャーロットさん、私は元から二人の味方だよぉ！」

「凄（すご）くお似合いの二人だから、安心して！」

女子たちからは、応援の声まで届く。

それにより、隣に立つシャーロットさんが涙ぐんだのがわかった。

「もうこれで、お前たちに何かしようとする奴は出てこないだろう。当然私も、羽目を外しさえしなければ、何も言わない。おめでとう、二人とも」

「おめでとう、シャーロットさん、青柳君」

近くで俺たちを見ていた美優先生と清水さんも、そう祝福をしてくれた。

その後俺たちは、鳴りやまない拍手の中、教室へと戻るのだった。

◆

「――素敵な方々に恵まれて、本当によかったです」

球技大会が終わった帰り道、シャーロットさんはとても嬉しそうに笑っていた。

俺も同じ気持ちで、美優先生や彰をはじめとしたいろんな人たちに感謝をしている。

彼女たちがいなければ、俺たちの一件はもっと変にこじれていたかもしれない。

「今度、なんかお礼をしないといけないね。それで、今ってどこに向かってるのかな？」

なんだかシャーロットさんが寄りたい場所があるというので、俺たちは現在帰路から外れた道を歩いていた。

すると、彼女が若干申し訳なさそうに俺の顔を見上げてくる。

「本当はこういうことを勝手にするのは良くないのでしょうけど……どうしても、放ってはおけなかったんです……。ですから、明人君――彼女と、きちんとお話をして頂けませんか？」

そう言ってシャーロットさんが視線を向けた先には、香坂さんが立っていた。

正直、この展開は全く予想できていない。

いくら彼女が優しいからとはいえ、まさか香坂さんとの間を取り持とうとするとは……。

「あの、ベネット先輩……？　私、こういうのは望んでいませんので……」

香坂さんもこのことには戸惑っているようで、乗り気ではなさそうだ。

それならばシャーロットさんの誘いを断ればよかったものを、優しい彼女はできなかったんだろう。

学校での態度で勘違いされやすいが、香坂さんも大分優しい性格をしているのだ。

「わざわざ明人君を追いかけて高校に入るまでして、話したかったことがあるんですよね？　私には西園寺君がおっしゃられてるほど、香坂さんのことを悪くは思えません。ですから、しっかりと話して頂くのが一番だと思います」

「それは……」

香坂さんはチラッと俺の顔を見てくる。

シャーロットさんの言う通り、話したいことがあるんだろう。

今は学校でもないんだし、邪魔をする人はいない。

彼女がどういうつもりだろうと、話したいことがあるなら俺は聞く必要がある。

「遠慮(えんりょ)なく思ってることを言ってくれていいよ。俺は逃げも隠れもしないからさ」

「…………」

俺が香坂さんをまっすぐ見ると、彼女はバツが悪そうに俺の顔を見てきた。

心の中では、話すかどうかの葛藤をしているようだ。

俺とシャーロットさんは、彼女が口を開くのを待つ。

するとーー。

「……どうして……どうして、私たちに何も相談してくれなかったんですか……？　どうして、一人で抱え込んだんですか……？」

香坂さんは、泣きそうな表情で中学時代のことを聞いてきた。

もしかしたら、俺があの中学時代のことに縛られていたように、彼女のことも縛っていたのかもしれない。

「俺が弱い人間だったからだよ。誰かに頼ることが怖かったんだ」

「今は、違うんですか……？」

「強くなったーーとは言わないよ。だけど、もう自分で抱え込んだりはしない。誰にも話さずに自分だけで抱え込むほうが、周りを不安にさせたり、不幸にするってわかったから」

「過去は……もう、吹っ切れたんですか……？」

「うん、隣にいてくれるシャーロットさんや、彰、学校の人たちのおかげでね」

「そう、ですか……。それは、よかったです……」

そう言う香坂さんは、涙目ではあったけれど、安心したような優しい笑みを浮かべた。

どうやら俺と彰は、何かを勘違いしていたらしい。

「中学のことで一番辛い思いをしているのは、明人先輩だってことはわかっていたんです。全国大会に出るために、先輩がどれだけ努力をしていたのかも近くで見ていました。ですから、先輩が自分の意思で部を去るはずがないってことも、わかっていたんです」

　香坂さんは小学校でサッカーチームに入っていたらしく、中学校から家も近かったため、俺が中学に入学した時にはもう練習や試合をよく見に来ていた。

　だから、俺がやってきたこともよく知っているのだろう。

「それなのに、私はあの時何もできませんでした……。チームメイトのみんなは負けた理由を先輩一人に押し付け、西園寺先輩は大怪我をして――それらを、明人先輩は言い訳もせず自分一人で抱え込んでしまわれました……。私は、先輩の力になれなかったんです……」

　彼女は悔しそうに顔を歪めてしまう。

　あの時の俺に、この子のことを気に掛ける余裕はなかった。

　俺のせいで、この子にも深い傷を与えてしまっていたようだ。

「そのことを香坂さんが気に病むことは一つもないよ。だから、もう気にしないで。君は、何も悪くないんだから」

「違うんです……。私は、先輩に対して最低なことをしてしまったんです……。頼ってもらえないことを拗ねて、先輩を酷く問い詰めました……。本当に、ごめんなさい……」

　香坂さんは、深く頭を下げてきた。

彰は香坂さんのことを、俺を酷く責めた一人だと思っている。

確かに彼女の言葉遣いは荒かった。

だけど、彼女はただ俺に理由を聞いていただけだ。

何があったのか、どうして話してくれないのか、そればかりを聞いていた。

多分、中学の頃は一度も俺を責めたことはないはずだ。

「香坂さんは俺のために頑張ろうとしてくれただけでしょ？　それに、話さなかった俺が悪いんだ。君は何も悪くないから、頭をあげてほしい。むしろ、追い詰めてごめんね」

「ぐすっ……先輩は、どこまで優しいんですか……。もっと、他の人のせいにして、楽になったらいいのに……」

「俺に落ち度がある限り、それはできないかな。ほら、涙を拭いて」

俺は予備で持ち歩いているハンカチを鞄から取り出し、香坂さんへと渡す。

彼女はそれで涙を拭き、俺に視線を向けてきた。

「この手のことを先輩に言っても、聞いてくださいませんもんね」

香坂さんは仕方なさそうに笑みを浮かべた。

この手の話題をしたのは、一度や二度ではないのだから、そう思われても仕方がない。

「今は、明人先輩の力になってくれる人が隣にいて良かったです。それが、私じゃないことは残念ではありますけど……」

「──っ」

香坂さんの言葉を聞いた瞬間、シャーロットさんが息を呑んだのがわかった。

ソワソワとして、どこか落ち着きがなさそうだ。

「香坂さんが頼りなかったわけじゃないから、気に病まないでほしい。さっきも言ったけど、俺に誰かを頼る勇気がなかっただけなんだ」

「……では、これからは私も頼ってくださるのですか……？」

「後輩に頼るような、情けない先輩にはなりたくないけど……」

「私は、頼って頂きたいです」

「そっか。それじゃあ、その時は遠慮なく頼らせてもらうよ。香坂さんも、同じ中学のよしみで、遠慮なく頼ってくれたらいいからね」

もう、中学のような関係に戻れたのだろう。

昔はよく話しかけてくれていたので、結構仲がよかった印象がある。

香坂さんは打ち解けるまで人付き合いが下手なところもあるし、何かあったら力になりたかった。

しかし、彼女はなぜか仕方なさそうに笑っている。

「ありがとうございます。ですが、素敵な彼女さんを不安にさせるようなことは、迂闊に言わないほうがいいですよ？」

「なんでもありません。あの、ベネット先輩……」

「えっ？」

「は、はい、なんでしょう？」

急に話しかけられ、シャーロットさんは身構えてしまう。

そんな彼女に対し、香坂さんは人差し指を合わせながらモジモジとしていた。

いったい、何を言い出すつもりだろうか……？

「その、いろいろとありがとうございました。もし嫌じゃなかったら……また、お話しさせてもらってもいいですか……？」

どうやら、今日一日で香坂さんはシャーロットさんに懐いたようだ。

道理で、試合の度に彼女の隣にいると思った。

「はい、もちろんですよ」

シャーロットさんは一瞬意外そうな顔をしたけれど、とても素敵な笑顔で頷いた。

それにより、香坂さんの表情がパァッと明るくなる。

「そ、それでは、シャーロット先輩と呼んでもいいですか!?」

「もちろんです」

「わ、私のことは、良かったら楓とお呼びください」

「楓さんですね」

「呼び捨てで構いませんよ……？」

そう言う香坂さんだが、これは呼び捨てをしてほしいのだろう。

期待したように、若干上目遣いで見ているし。

「えっと……それでは、楓ちゃんはどうでしょうか……？」

さすがのシャーロットさんも、香坂さんのグイグイ具合には戸惑っているようだ。

呼び捨てはあまり慣れていないだろうし、これが妥協点だと思う。

そのことは香坂さんもわかったのか、笑顔で頷いた。

「はい、それでは改めてよろしくお願いします、シャーロット先輩！」

「はい、よろしくお願いします、楓ちゃん」

「～～～っ！　私、もう帰りますね！　それでは、また来週お会いしましょう！　失礼します！」

香坂さんは嬉しくて我慢できないとでもいうかのように、元気よく頭を下げて俺たちの前から去っていった。

「な、なんだか、最後は嵐のような子でしたね……」

「今まで怒っていたからわからなかっただけで、元々はあぁいう子だよ。人見知りとかするから、彰とかの前では不愛想だけどさ」

「……明人君の周りは、かわいい女の子ばかりですね」

なんだろう？

シャーロットさんの雰囲気が、なんだか変わった気がする。

というか、頰が膨らんで拗ねたような目をしているじゃないか。

「どうしたの……？」

「明人君は、私の彼氏さんですからね？」

「う、うん……？　そりゃあ、そうだけど……？」

「素敵な先生だったり、目隠れ巨乳属性のかわいい妹さんだったり、大和撫子さんだったり、不愛想だけど懐くととてもかわいい後輩さんだったり、明人君の周りには素敵な女の子ばかりで私は困ります……」

「シャ、シャーロットさん……？　いったん、落ち着かない……？」

途中から彼女が何を言っているのか全然わからないけど、明らかに雰囲気がおかしい。

なんだか、凄く怒っているのがわかる。

もしかして、またヤキモチを焼かしていたか……？

「明人君は、私の彼氏さんだっていう証明がいると思います」

「な、何をするつもり……？」

「こうするんです――んっ」

「――っ!?」

いったい何がどうなったというのか。

彼女は今、自分の口を俺の口へと重ねてきていた。

そして、数秒が経って口を離すと――。

「他の女の子によそ見をしたらだめなのです……！　私は明人君を、誰にも取られたくないんです……！」

顔を真っ赤にした状態で、そう言ってきた。

どうやら彼女は、ヤキモチを焼き過ぎると一線を踏み越えてしまう子らしい。

普段穏やかで優しい彼女に迫られた俺はコクコクと頷くことしかできなかったのだけど、満足をした彼女が物欲しそうに見てきたので、今度は俺からキスをしてみた。

すると、数秒経って口を離せばまたおねだりをされ、ファーストキスの余韻に浸る間もなく俺たちは唇を重ね合わせ続ける。


どうやら彼女は、キス魔だったらしい。

だけど――《もういっかい……》とおねだりしてくるシャーロットさんがかわいすぎて、俺も歯止めが利かなくなってしまう。
それにより、気が付けば空はすっかり暗くなっていたので、慌てて保育園に迎えに行ったエ

マちゃんが酷(ひど)くご立腹になっているのだった。

あとがき

まず初めに、『お隣遊び』四巻をお手に取って頂き、ありがとうございます。

また、四巻作成に携わって頂いた皆様、今作もご助力頂き本当にありがとうございます。

皆様のおかげで、こうして四巻を出すことができました。

特に、緑川先生にはいつも素敵なイラストを描いて頂けて、感謝してもしきれません。

新キャラの楓のキャラデザを頂いた時なんて、「かわいすぎてヤバイ！」となりました。

作中のキャラたちは、毎回緑川先生のイラストによって、とても魅力的になっています。

今後とも、よろしくお願い致します。

さて、今回はもう作中のことに触れたいと思うのですが、先程触れた通り、新キャラの楓が登場しました。

このキャラは、ＷＥＢ版のあるキャラをもとにしつつ、こういった後輩がほしい、というのがあって、書籍版で登場してもらっております。

まぁ単純にネコクロが、特別な人にだけデレる、不器用な子が好きだというのが大きな理由ですけどね。

彼女の魅力は、五巻以降により出てくるんじゃないかな、と勝手に思っています。

まず間違いなく、今後は懐いた仔犬のように、明人やシャーロットのもとを訪れるでしょうから、必然出番も増えるんじゃないかなぁっと。

シャーロットさんを巡って清水さんといがみ合ったりする姿なんかも、目に浮かびますね。

それにしても、明人の周りに女の子が増えましたね。

そりゃあ、シャーロットさんも嫉妬して暴走するわけです。

仲が良くなるにつれて見えてくる、彼女のもう一つの顔。

シャーロットさんは、おとなしそうに見えて実はかなり嫉妬深かった、ということです。

おそらく、登場当初に彼女のその姿を想像していた方は、そんなにいないんじゃないでしょうか。

段々と仲良くなっていくにつれて、片鱗は見えていたと思いますけどね。

個人的に、嫉妬深い女の子は大好きです。

明人の周りに魅力的な女の子が沢山いるので、今後彼女がどうなるか、ヒジョーに楽しみです。

それに、今後は清水さんの従兄や、イギリスにいるシャーロットさんの親友も登場予定ですので――とまぁ、その辺は今後のお楽しみって感じですね。

アニメ化も目指してますので、もっともっと続いてくれると嬉しいなぁって思ってます！

コミカライズも決定しておりますので、そちらも楽しみにして頂けますと幸いです！

ネコクロも、凄く楽しみです！

初めてのコミカライズですからね、ワクワクが止まりません！

今後とも、『お隣遊び』を是非よろしくお願いします！

アニメ化目指して、これからも頑張っていきます！（まず、五巻続刊を決めるのが先ですけど……！）

これからも、かわいいヒロイン二人をお届けしていきたいです！

それでは、この辺で終わらせて頂きます。

五巻でもお会いできますと幸いです！

この作品の感想をお寄せください。

あて先　〒101-8050　東京都千代田区一ツ橋2-5-10
集英社　ダッシュエックス文庫編集部　気付
ネコクロ先生　緑川 葉先生

ダッシュエックス文庫

迷子になっていた幼女を助けたら、お隣に住む美少女留学生が家に遊びに来るようになった件について4

ネコクロ

2023年4月30日　第1刷発行

★定価はカバーに表示してあります

発行者　瓶子吉久
発行所　株式会社　集英社
〒101−8050　東京都千代田区一ツ橋2−5−10
03(3230)6229(編集)
03(3230)6393(販売／書店専用) 03(3230)6080(読者係)
印刷所　凸版印刷株式会社
編集協力　梶原　亨

ISBN978-4-08-631506-7 C0193